甘味屋十兵衛子守り剣5

はなむけ草餅

牧　秀彦

幻冬舎時代小説文庫

甘味屋十兵衛子守り剣5

はなむけ草餅

目次

第一章　草餅　9
第二章　甘納豆　84
第三章　雷おこし　135
第四章　柴舟　199
終　章　甘味礼賛　262
あとがき　267

甘味屋十兵衛子守り剣

主な登場人物

小野《おの》十兵衛《じゅうべえ》　深川にある甘味屋〈笑福堂《しょうふくどう》〉のあるじ。元・下村《しもむら》藩藩士で殿様の台所方《だいどころかた》を務める家の生まれ。藩主暗殺の汚名を着せられた遥香をみかねて、母娘を連れて脱藩。かなりの剣の遣い手でもあり二人を追手から守っている。

遥香《はるか》　表向きは十兵衛の妻・おはるで通しているが、実は下村藩の前藩主・前田《まえだ》慶三《けいぞ》の側室。十兵衛とは幼馴染《おさななじ》み。横山外記から命を狙われている。

智音《ともね》　前田慶三の忘れ形見。母の遥香ともども命を狙われている。

佐野《さの》美織《みおり》　大身旗本の娘で男装の剣客。通称夜叉姫《やしゃひめ》。笑福堂の上得意で遥香や智音と親しいが、十兵衛を慕う己の気持ちに苦しんでいる。

岩井《いわい》信義《のぶよし》　隠居した幕閣の大物。笑福堂の菓子に目がなく、十兵衛たちを何かと助ける。

石田甚平《いしだじんぺい》　岩井家の用人。美織ともども、剣の腕で十兵衛たちを助けている。

野上喜平太《のがみきへいた》　下村藩随一の剣の遣い手。横山外記の命でかつての親友・十兵衛を討とうとしたが、すべては外記の陰謀だと気付き反逆し、藩を追われた。

和泉屋仁吉《いずみやにきち》　日本橋で三代続く菓子屋〈和泉屋〉のあるじ。かつては十兵衛と敵対していたが、今は互いを認め合っている。

横山外記《よこやまげき》　下村藩の江戸家老。前藩主・前田慶三暗殺の首謀者。

前田正良《まえだまさよし》　下村藩現藩主。前田慶三の弟。

第一章　草餅

一

文久三年（一八六三）の一月も半ばを過ぎた。

年が明けても変わることなく、笑福堂《しょうふくどう》は繁盛している。

屋号を白く染め抜いた暖簾《のれん》を潜《くぐ》れば、店の中はほかほかと暖かい。

板敷きの床には幾つも火鉢が置かれ、山盛りの炭が赤々と燃えていた。

「あー、極楽極楽」

「生き返《けえ》りますねぇ、兄い」

「ほんとほんと、腹の底からあったまりますぜぇ」

火鉢を囲んでくつろいでいるのは、常連客の松三《まつぞう》と河岸《かし》で働く人足衆《にんそく》。今日も朝から凍《い》て付く中で荷揚げに励み、八つ刻《どき》（午後二時頃）の休憩中だった。

江戸の寒さは年が明けてからが本番である。

寒を過ぎて雪が降り出すことも多いから、油断は禁物。

今日も空は晴れ渡っているものの、吹き寄せる風がやけに冷たい。寒い中を来てくれた客のために笑福堂ではいつも火鉢に炭を絶やさず、鉄瓶に沸かした湯で熱々の茶を淹《い》れては無料《ただ》で振る舞うのが常だった。

「おーい、お代わりをくんな」

「はーい、ただいま」

大きな急須を提げた智音《ともね》が、ちょこちょこ歩み寄ってきた。切り揃《そろ》えた前髪の下から覗《のぞ》く、黒目勝ちの瞳が愛くるしい。

ちいさな看板娘は、今日も店の手伝いに励んでいた。

松三だけでなく、一口大の焼きまんじゅうを美味《うま》そうに頬張《ほおば》る弟分の竹吉と梅次の碗にも甲斐甲斐《かいがい》しく、湯気の立つ茶を注いで廻《まわ》る。

「おっ、ありがとよ」

「今日もお店《たな》の手伝いかい。偉《えれ》えなぁ」

「どういたしまして」

そつなく答える智音は、近所の手習い塾から戻ったばかり。

奥では母の遥香《はるか》が十兵衛《じゅうべえ》ともども、菓子作りに励んでいた。

捏《こ》ねた餅《もち》を手際良く丸め、小麦粉を練り、釜一杯にあんこを炊く。

仕込みは四季を通じて夜明け前に始め、材料のもち米も小麦粉も小豆《あずき》も、一日にさばく量を見込んで用意する。火を使っていれば汗だくになるほどだが、捏ねたり丸めたりする間は、足元の土間から立ち上る冷たさが身に応える。それでも生業《なりわい》であるからには毎日続けなくてはならず、早起きにも慣れて久しい二人であった。

笑福堂がある場所は、大川に架《か》かる新大橋の東詰め。

かの松尾芭蕉《まつおばしょう》が庵《いおり》を構えた辺りに近い、深川元町《もとまち》の一画だ。

常連には荷揚げ人足や船頭といった、界隈《かいわい》の河岸で働く者が多い。河岸人足の頭《かしら》で顔の広い松三が、あちこち触れ回ってくれるおかげだった。

「兄い、甘いもんは苦手だったんじゃないんですかい？」

「止《や》めておきなせぇ、胸やけしたら仕事になりませんぜ」

「馬鹿野郎、おはるさんのお手製と聞いたら食わないわけにいかねぇだろうが」

驚く竹吉と梅次をどやしつけ、松三は嬉々《きき》として焼きまんじゅうを摘む。

年明け早々に心労で倒れてしまった遥香も、すっかり元気になっていた。

「お前さん、おまんじゅうが焼けました」

「ご苦労さん。ちょいと冷ましたらお重に並べておくれ。くっつかないように気を付けるんだよ」

「はい、左様にいたしまする」

「焼き型が熱くなっているから、火傷《やけど》しないようにな」

「しかと心得ました」

「頼んだよ、おはる」

智音はまるいお盆を胸に抱え、働く母の姿をじっと見つめていた。

二年半前からこの地に居着き、甘味処《かんみどころ》の笑福堂を構えた十兵衛と遥香は、傍目《はため》には仲睦《むつ》まじい夫婦そのもの。智音は二人の娘として、隣近所の人々や松三ら常連の客たちに温かく見守られて成長した。

訳有りらしいと察しながらも、立ち入ったことを尋ねるのはみんな控えている。

遥香の物言いに武家言葉が交じる理由も、若い頃にお屋敷勤めをしていた名残《なごり》だろうとしか見なしておらず、加賀百万石の前田《まえだ》家に連なる大名から寵愛《ちょうあい》された御国《おくに》御前《ごぜん》――側室だったと知る者はいない。

智音が生まれた国許《くにもと》は、加賀下村《しもむら》藩。

わずか一万石で城も持てない御陣屋《ごじんや》大名ながら、藩祖は戦国の英雄として名高い前田慶次《けいじ》であり、加賀藩の前田本家とのつながりも強かった。

あの忌まわしい事件さえ起きなければ、智音は小藩ながらも大名家の姫君として国許で成長し、母娘揃って十兵衛の世話になることもなかっただろう。

しかし、世間には悪人が尽きぬもの。

三人の運命を狂わせたのは、御家乗っ取りを企む家老の横山外記《よこやまげき》。奥女中に藩主を毒殺させ、その罪を遥香に着せて、智音と共に座敷牢《ざしきろう》に閉じ込めたのだ。

無実の罪に問われて居場所を失くした母と娘を十兵衛は助け出し、今日まで親身になって護《まも》っている。

甘味屋を開いて遥香と智音を養う一方で、二人の口を封じようと外記が執念深く差し向けてくる刺客たちを相手取り、菓子作りと共に少年の頃から習い覚えた武芸の技を駆使して、三年近くも戦い続けていた。

この江戸で十兵衛たち三人の過去を知っているのは、無類の甘味好きで笑福堂を応援してくれている大身旗本の岩井信義《いわいのぶよし》と家士の石田甚平《いしだじんぺい》、男勝りの剣客で智音と仲良しの佐野美織《さのみおり》、そして菓子の出来を争う勝負を繰り返した末に十兵衛と友情で結ばれるに至った、和泉屋仁吉《いずみやにきち》ぐらいのものだった。

武家の出とは分からぬよう、遥香におはると名乗らせ、自らも店では亭主らしく振る舞う十兵衛だが、三人きりになれば即座に臣下の立場に戻り、預かりものの母娘のことを御前さま、智音さまと呼んで世話を焼く。

そこまで尽くさなくてはならないほど、恩や義理があるわけではなかった。

下級藩士の娘だったのが主君の目に留まり、玉の輿《こし》に乗って智音を生んだ遥香と十兵衛は実家がたまたま隣同士で、共に幼馴染《おさななじ》みとして育っただけの間柄。

ちなみに十兵衛が生まれた小野家は藩の台所方《だいどころかた》として、加賀藩における舟木家の如《ごと》く、主君の御食事係を代々仰せつかってきた一族である。末っ子の十兵衛は料理よりも菓子を作るのを得意とし、少年の頃から才を見込まれていた。

知らぬ仲ではないとはいえ、自分の将来を捨ててまで遥香と智音を助けることはなかったのかもしれない。

しかし十兵衛は遥香と智音のために、命まで懸けている。

武家育ちの身で商いをするのも当初は苦労の連続だったが、その上で手強《てごわ》い刺客を相手取るのは文字通りに命懸け。

今のままでは十兵衛に申し訳ない。

母娘揃って甘えているのが心苦しい。

このところ、智音はそんなことをしばしば思うようになってきた。

とはいえ十を過ぎたばかりの子どもでは、どうすればいいのか分からない。

そんな智音にできるのは手習い塾から戻ってすぐに店を手伝い、仲良くしている隣近所の子どもたちと遊びたいのを辛抱するぐらいであった。

とりあえず、今は自分なりにできることをするしかない。

「お嬢ちゃん、あんころ餅のお代わりをよそってくんな」

「はーい」

智音はすぐさま笑顔を作り、ぱたぱた駆け出す。

店の中は先程までより混み合ってきた。

評判を聞きつけて、遠方から足を運ぶ客も多い。

注文される菓子もさまざまだった。

「昨日頼んでおいたぷてぃんぐはできてますか、笑福堂さん？」

「こっちはくりぃむとつぶあん入りの麩《ふ》の焼だ。急《せ》き前で頼むぜぇ」

いずれも他の店では手に入らない、笑福堂の名物である。

十兵衛は小野家の息子として学んだ伝統の技法に加えて、横浜の外国人居留地で洋菓子の作り方も会得し、牛乳の代わりに豆乳を用いるなどの工夫によって日《ひ》の本《もと》でも好まれる味を出すことに成功していた。そんな努力の甲斐あって、物珍しさで口にしたのが病みつきになり、足繁く通ってくる客も少なくなかった。

商いが好調なのは、智音にとっても子どもながらに喜ばしい。

だが、すべてがこのままでいいとは思えなかった。

遥香と智音が一緒に居る限り、十兵衛に安息の日は訪れない。

菓子職人として毎日商いに励みながら、刺客が襲って来れば武士に戻って命懸けで戦う羽目になる。

刀を捨てて久しい十兵衛は柔術を専ら用い、相手を返り討ちにしても命まで奪うことはほとんどなかった。

菓子を作る手で人を殺したくはないという、強い信念を持っているからだ。

しかし、刺客として差し向けられる藩士たちは違う。

金と出世を餌《えさ》に焚《た》き付けられ、いつも殺す気満々で刃《やいば》を向けてくる。

夜討ちを仕掛けてきた一団と戦ったとき、十兵衛は左手に深い刀傷を負わされたことがあった。傷そのものは癒えて久しかったが感覚が鈍くなり、心配をかけまいと隠れて毎晩さすっているのを、こっそり覗き見て智音は知っている。

このままでは命を落とすことにもなりかねない。

赤の他人にこんなことをやらせておいていいものか。

折を見て、楽にしてあげるべきなのではないのだろうか——。

「智音、おいで」

「はーい」

十兵衛に手招きをされ、智音はぱたぱた調理場に駆けて行く。

以前は芝居をするのを嫌がり、十兵衛に呼び捨てにされるたびにムッとしていたものだが、近頃はすっかり慣れたもの。遥香を交えて三人だけのときも同じように呼んでくれて構わないとまで、自然と思えるようになっていた。

だが、当の十兵衛は違うらしい。

腰をかがめて小声で告げてきたのは、例によって丁重すぎる言葉であった。

「こちらをお運び願いまする、智音さま。ご雑作をおかけする上に、いつもご無礼な呼び方をしてしもうて相すみませぬ」

あんころ餅の皿をじっと見下げて、智音は黙ったままでいた。

店に限らず家の中でも、好きに呼んでくれて構わない。

他人行儀も、そろそろ止めにしてはもらえないか。

そう意見したいのに、なかなか言葉が出て来なかった。

智音には物心が付いた頃から、こういうところがある。頭の中では言いたいことがまとまっていても、恥ずかしくて口に出せなくなってしまうのだ。

呼び方などは、本当にどうでもよかった。

それより智音が十兵衛に訊《たず》ねたいのは、どうして己を顧みずに、ここまで遥香と智音のために尽くしてくれるのかという理由。

しかし面と向かえば我ながら困ったことに、何ひとつ言えなくなってしまう。

気分を害されたと十兵衛は思い込んだらしい。

「申し訳ありませぬ」

菓子と茶を楽しんでいる客たちからは見えぬように、そっと智音に頭を下げる。

「もう、いい」

苛立《いらだ》たしげに告げるなり、智音はあんころ餅の盛られた皿を引ったくった。

くるりと十兵衛に背中を向けて、ぱたぱた客の許へと駆けて行く。

悪いと分かっていても、そうすることしかできなかった。

遥香がそっと十兵衛に近づいた。

「すみませぬ」

耳元でささやく遥香の顔は申し訳なさで一杯。

「いえ……」

声を低めて答える十兵衛も、表情が暗かった。

三人の間に漂う気まずい空気に、客たちは気が付かない。

「美味《うめ》ぇ、美味ぇ」

「舌がとろけそうだねぇ」

誰もが目の前の菓子を堪能するのに夢中で、智音があんころ餅を客に供してすぐに表へ抜け出し、しょんぼりしていることにも気付かずにいた。

と、智音の前に影が伸びてきた。

「よぉ」

白い歯を見せて微笑《ほほえ》む男は、まだ若い。

端整な顔立ちをしていて色は白く、引き締まった体にまとっているのは墨染めの着物と無紋の羽織。長い足が一層映える、細身の野袴《のばかま》を穿《は》いていた。

身の丈は並よりやや高い程度だが、手足がすらりとしていて格好いい。

道ですれ違えば振り返らずにはいられない、まさに美男であった。

二

その男は笑福堂を訪れると、いつも決まって草餅を注文する。

数は懐具合で決めるそうだが、少なくとも十を下回ることはない。

別々の相手に土産《みやげ》として届けているのか、いつも必ず二つに分けて包ませ、自らも店先で二つ三つ堪能して帰って行く。五日に一遍は顔を見せ、草餅を一度に十も二十も買い上げてくれるのだから、上客と言っていいだろう。

だが、その客にはひとつだけ奇妙な癖があった。

どうしたことかいつも表の床机《しょうぎ》に座り、中に入って暖を取ろうとしない。今日も絶えず吹き寄せる川風を気にも留めず、智音が運んだ茶を啜《すす》っていた。

解せぬ振る舞いである。気前良く散財するのだから遠慮をせず、火鉢の一番前に座ってくれて構わぬのだし、幾らか店の中も空《す》いてきた。体の大きな松三たちが引き上げた後なので、くつろいでもらっても障りは無い。

何よりも、注文された餅が仕上がるまで寒い思いをさせておくのが心苦しい。

待つ間に食べてもらう餅を皿に盛ると、十兵衛はそっと手招きをする。

逆らうことなく、智音は調理場に駆けて来た。

「よろしいですか、智音さま」

皿を渡しながら、周りには聞こえぬように小声で告げる。奥では焼きまんじゅう作りの手を休めた遥香がよもぎを洗い、草餅の下ごしらえに取りかかっていた。

「今日こそ中にお連れくださいお願いしますよ」

「分かった」

智音はこっくり頷《うなず》いた。

暖簾を潜って表に出ると、男は筆を執っていた。

携帯用の筆記具である矢立《やたて》を傍らに置き、墨壺《すみつぼ》の蓋を開けている。中綿に染み込ませた墨汁を穂先に含ませ、真剣な面持ちで何やら帳面に書き付けていた。

「土方《ひじかた》さま」

筆の動きがぴたりと止まった。

その機を逃さず、

「奥のお席が空いてますよ」

智音はにっこり微笑みかける。

しかし、男は立ち上がろうとはしなかった。

帳面を手にしたまま、筆をさらさら走らせる。

視線も下に向けたままだったが、智音に告げる口調は優しい。

「何も気を使うには及ばねぇよ。俺は好きでこうしてるんだから」

「でも、お寒くないんですか」

「平気、平気。このぐらい、屁《へ》でもねぇさ」

土方と呼ばれた男は、にっと笑った。

「前に話したかもしれねぇが、俺は多摩《たま》の生まれでな。お江戸の水道にもつながってる、玉川ってでかい川があるんだよ。家の近くを流れてたのは浅川って支流なんだが泳げるぐらい深くてな、お前さんぐらいの歳《とし》には毎日のようにバラガキ仲間と水遊びしたり、河原でちゃんばらごっこをしていたもんさね」

「ばらがきって、何ですか」

「手前で言うのも何だが、悪たれのことさ。今も片手間にやってるこったが、家業の手伝いで俺は行商を任されててな、石田《いしだ》散薬《さんやく》ってのを売っていたのよ。こいつぁ熱燗《あつかん》に溶いて飲むと打ち身によく効くことになっててな、その荷を担いで、あっちこっちへ出向くついでに、土地の道場で稽古を付けてもらったもんだよ」

男は懐かしげに微笑んだ。

「土方さまは剣術つかいですものね」

智音は相槌《あいづち》を打った。

感心しながらも、ふと首を傾《かし》げる。

「でも、いきなり訪ねて相手をしてもらえるのですか」

「そこはそれ、門前払いをされたときには居直るのさ」

「それじゃ道場破りじゃないですか」

智音は目を丸くする。

口の利き方こそ荒っぽいが、そんな真似《まね》をするようには見えない。

「道場破りとはちょっと違うかな。まぁ、当たらずといえども遠からずってところだろうぜ」

男は明るく笑って言った。

「引っ込みを付かなくさせといて、さんざん打ち合った後で石田散薬をお買い上げ願うってのが、俺のいつもの手なんだよ。道場の看板なんざ欲しくもねぇが、稼ぎは要《い》るからな……負けちまったときは詫《わ》び料代わりにただで置いていかなきゃならねぇんで、かなり損もしたけどなぁ」

苦笑しながら草餅に手を伸ばし、男はひと口かじった。

「あー、美味ぇ。お前さんのおとっつあん、相変わらずいい腕だぜ」

「ありがとうございます」

智音はぺこりと頭を下げた。

何食わぬ態《てい》を装ったつもりだったが、表情は硬い。

おとっつあんと言われたときの微妙な目の揺らぎを、男は見逃さなかった。

それでいて、余計なことは口にしない。

素知らぬ顔で草餅を噛《か》み締め、自分の話を続けた。

「こうして励んだ甲斐もあって腕は上がったんだが、お前さんはあちこちの流派の手筋が交じってててやりにくいって、勇《いさみ》さんにしょっちゅう叱られてるよ。このままじゃ目録《もくろく》どまりで、免許皆伝なんぞは夢のまた夢だってさ。何でも修行ってやつは楽じゃねぇやな……」

溜《た》め息を吐《つ》きながらも、男はどこか楽しげだった。

「忙しいんだろ。俺なんぞに構わねぇでお客の相手をしてやんなよ」

「はい」

笑顔で頷き、智音は踵《きびす》を返す。

「いい子だよなぁ。総司《そうじ》もちいせぇ頃にはあんな感じだったたっけ……」

暖簾を潜って店の中に戻って行くのを見送り、男は微笑む。

土方歳三《としぞう》、二十九歳。

市谷《いちがや》は柳町《やなぎちょう》の試衛館《しえいかん》という道場に住み込んでいる、天然理心流《てんねんりしんりゅう》の剣客だ。

剣客と言っても、腰に帯びているのは一振りの大脇差《おおわきざし》のみ。

ふつうの脇差よりは長いものの、鞘《さや》の内の刀身は二尺（約六十センチメートル）に満たない。二尺を超えれば刀と見なされ、武士に非《あら》ざる身で携帯していると罪に問われてしまうからだ。

歳三の実家は、武州《ぶしゅう》の豪農。

親友の嶋崎勝太《しまざきかつた》が宗家の養子に迎えられて近藤《こんどう》勇と名を改め、跡を継いだのを機に入門して剣術修行に励んでいた。

久々の江戸暮らしは、なかなか楽しい。

少年の頃は大店に奉公に出されても長続きせず、腕っ節の強さにものを言わせて喧嘩《けんか》ばかり繰り返したものだが揉《も》め事を起こすこともなくなり、昔馴染みの井上源《いのうえげん》三郎《ざぶろう》に沖田《おきた》総司、そして自分と同じく試衛館に居着いた新顔の連中とともども、一門を盛り上げるべく励んでいた。

稽古に取り組むばかりではない。

道場の運営を助けるために、それぞれ手を尽くしていた。

勇は所帯こそ構えているものの、内証は豊かとは言いがたい。居候をすることを認められてはいても、無料《ただ》で飯を食うばかりなのは心苦しい。歳三も実家に援助を頼む一方、未《いま》だに薬の行商を続けている。

皆の頑張りの甲斐あって、天然理心流の名は江戸でも高まりつつある。

開祖の近藤内蔵之助長裕《くらのすけながひろ》が遠江国の一郷士で、代々の宗家を継いだ高弟も苗字《みょうじ》を持つ豪農とはいえ農民の出だったため他流派より軽んじられ、田舎《いなか》剣術と揶揄《やゆ》する向きもあったが、実力は本物。四代宗家を継いだ勇以下、試衛館の主だった面々は名だたる流派の道場と試合をしても後れを取らず、その存在は将軍家直参《じきさん》の旗本と御家人に武芸を教える講武所《こうぶしょ》でも無視できなくなっていた。

惜しくも講武所の教授に勇が就任する話は実現に至らなかったが、いずれ将軍が上洛《じょうらく》した折の警固役を担うために京の都へ先行する、浪士組《ろうしぐみ》に加わることがすでに決まっている。

この話には、歳三も乗るつもりだった。

これは一門が名を揚げる、絶好の折と言えよう。

浪士組の立ち上げを幕府に進言した清河八郎《きよかわはちろう》は胡散《うさん》臭い男だが、役目そのものは名誉なものだ。それに将軍家のお膝元たる武州で生まれ育った身としては、今日びの不甲斐ない直参に代わって矢面に立ち、幕府のために戦いたい気概もある。

しかし京に上れば、しばらく江戸には戻れまい。

将軍家を敵視する尊王派と戦う役目は、もとより危険な役目。いつ命を落としてもおかしくない。

なればこそ歳三は多忙の合間を縫って、深川元町を訪れずにはいられない。

これから役目に励む上でも、悔いを残さぬようにしておきたかった。

三

大川が西日にきらめいている。

歳三が笑福堂を訪れてから、すでに半刻（約一時間）が経《た》っていた。

客の顔触れも入れ替わり、残っているのは歳三のみ。

引き上げた面々に代わって長居をしていたのは、梅見帰りの女たち。小金持ちの商人の女房と思《おぼ》しき、脂粉の香りも濃い連中だった。

（何て臭いだ。せっかくのよもぎの香りが台無しじゃねぇか）

お代わりの草餅をかじりながら、歳三は胸の内で毒づいた。

と、後ろから馴れ馴れしく呼びかける声が聞こえた。

「もし、おにいさん」

「あ？」

歳三はじろりと視線を返す。

智音と笑顔で言葉を交わしていたときとは別人の如く、愛想が悪い。

それでも女は退《ひ》かなかった。

店の中に入るとき、横を通りながら歳三をチラチラ盗み見ていた女たちの中でも一際いやらしい目つきをしていた、年増《としま》の女房である。

歳三より幾らか若く、歳は二十五、六といったところ。

親同士の決めた縁談で嫁いだのなら、疾《と》うに十年は経った頃だ。

身なりこそ金がかかっているものの、漂わせる雰囲気はだらしない。

口の利き方もていねいなようでいて、品の無いものだった。

「お寒いでしょう？」

「別に」

「ご遠慮なさらず、ご一緒に中で暖まりませんか」

「断る」

「梅見に持って参ったお重の残りがありますよ。よろしければ、お酒も」

「要らぬ」

横を向いたまま返す、歳三の言葉は素っ気ない。

黙ったままでは都合良く取られてしまうと思えばこそ、無視はしない。

その代わり、態度は不愛想極まりなかった。

「何ですか、偉そうに」

さすがに女房も苛立ってきた。

素知らぬ顔でいる歳三を、憎々しげに見る。

続く一言は辛辣《しんらつ》だった。

「いい歳のくせにお武家もどきの形《なり》をして、さむらいごっこのおつもりですか」

「何……」

歳三の目が細くなった。

「おい」

「な、何ですか」

負けじと女が向き直る。

しかし、二の句が継げなかった。

向けられた視線に射すくめられ、動けなくなったのだ。

この男、何と冷たい面持ちをしているのか。

色男とばかり思っていた相手の変貌ぶりに、もはや女は声も出せはしない。

表情のない顔で、歳三は淡々と語りかけた。

「お前さん、さむらいごっこがどうとかって言ってたよな」

「え……」

「俺には遊んでる暇なんかねぇんだよ。それに今日びのだらしないお武家なんぞと比べてもらっちゃ、とんだ迷惑ってもんだぜ」

「ぶ、無礼な」

震えながらも女は声を絞り出す。

「う、うちのお店には、ご直参のお客さまも多いのですよ」

「へっ、その直参が一番だらしないだろうが」

歳三は頑として引き下がらない。

「かれこれ黒船騒ぎから十年は経とうってのに、旗本も御家人もてんでだらしないじゃねぇか。講武所なんてご大層なもんをぶっ建てて、そりゃ教授は一流どころを揃えてるかもしれねぇが、通ってる奴らはありゃ何だ？　講武所風とか言って外見《そとみ》ばっかり格好つけて、どいつもこいつも腕のほうはからっきしでよ。あんな奴らに上様を任せちゃおけねぇから、俺らがお護りしようとしてるんだろうが」

「な、何ということを言うのですかっ」

負けじと返す女の声に、張りが出てきた。

「徳川様の御為《おんため》に忠義を尽くしておられる方々に、失礼ではありませぬか！」

歳三を一喝した女の瞳には、三人連れの武士の姿が映じていた。

ちょうど新大橋を渡ってきた彼らの身なりは、歳三の話にも出た講武所風。大きな髷《まげ》を川風にそよがせ、月代《さかやき》の剃《そ》り幅は逆に狭い。帯びた刀はやけに長く、白黒二色の下緒《さげお》を付けていた。

歳はいずれも二十四、五。

それなりに大身の旗本の子弟と思しき、苦労知らずの連中と見受けられた。

「まぁ、大坪《おおつぼ》の若様！」

「おお、浜松屋のお内儀《ないぎ》か」

その武士は長身だった。

六尺（約一八〇センチメートル）に届かぬまでも上背があり、恰幅《かっぷく》もいい。

小柄で貧相な連れの二人と違って、顔の造りも身なりに劣らず派手である。

「お、お助けくださいまし」

女は大坪に駆け寄った。

「何があったのだ、お内儀」

艶っぽい人妻にすがりつかれた大坪は、まんざらでもない様子。

でれっとしたのを見て取るや、女は歳三を憎々しげに指さした。

「あやつをどうか懲らしめてやってくださいまし！　私に無体《むたい》を働こうとするだけでは飽き足らず、ご直参はだらしない、とんだごくつぶしだと言いたい放題にしているのです」

「おいおい、何もごくつぶしとまで言っちゃいないぜ」

歳三は苦笑しながら前に出た。

「久しぶりだな、大坪の若様」

「う、うぬは試衛館の……」

大坪の顔が思わず強張《こわば》る。どうやら歳三を知っているらしい。

「どうだい。俺に打ち負かされてから、講武所でちっとは腕を上げたかね」

「おのれ、土方っ」

負けじと大坪は声を張り上げた。

「こちらのお内儀に何をしおったか、不作法者めが！」

「へっ、無礼なのはそっちだろうが。それに、人様の道場に土足で踏み込むような野郎どもに、不作法者呼ばわりをされる覚えはねぇよ」

歳三は不敵に笑いかける。

「その女は止めときな。俺に色目を使って袖にされたら、とたんに目ぇ吊り上げて食ってかかるようなあばずれだぜ。あんたの手には負えねぇよ」

「まぁ、何ということを」

女は悔しげにわなないた。

大坪たちでは土方に勝てないことは、すでに察しが付いたらしい。

「こんな男が居《お》るところで茶菓《さか》など味わってはいられませぬ！　さぁ皆さん、よその甘味屋に参りましょう！」

「は、はい」

「参りましょう、参りましょう」

こわごわ様子を見ていた連れの女たちが、こぞって後に付いて行く。

皮肉に笑って見送ると、歳三は大坪に視線を戻す。

鋭い視線に射すくめられ、大坪も連れの二人も動けずにいた。

「お前さんがたも行ったらどうだい。それとも草餅でも相伴《しょうばん》するかね」

「ふざけるな、下郎っ」

「田舎流派が生意気ぞ！」

連れの二人が口々に言い放つ。

口ぶりこそ勇ましいが、腰は完全に退けていて話にならない。

もはや大坪も引き下がるしかなかった。

それでも去り際に一言、凄《すご》んでいくのは忘れない。

「覚えておれ土方。この恥辱、忘れぬぞ」

「意趣返しだったらいつでも来なよ。何人だろうと相手にしてやるぜ」

莞爾《かんじ》として笑う土方の姿を、智音は目を真ん丸くして見つめていた。

笑福堂の客は、誰もが好もしい者ばかりではなかった。

歳三に追い返されたのも碌《ろく》に注文せず長居をしたり、些細《ささい》なことで十兵衛と遥香に難癖《なんくせ》を付けたりする、困った大人たちである。

智音も常々腹立たしく思っていたものの、仮にも客に対して文句を言うわけにはいかないし、子どもの身では太刀打《たちう》ちもできない。

それを歳三はあっさりと、手ひとつ上げることなく追い払ってくれたのだ。

「どうしたんだい、智音」

視線に気付いて歳三がこちらを向いた。

「あ、ありがとうございました！」

とっさに智音は声を上げていた。

「おいおい、俺は何もやっちゃいねぇぜ」

苦笑しながら歳三は膝を屈《かが》め、智音に笑いかける。

と、店の暖簾が中から割れた。

「お待たせしました、土方さま」

出て来たのは遥香。

大小二つの包みを捧げ持ち、歳三に歩み寄る。

「まだ慣れませぬもので、手間を取るばかりで申し訳ありませぬ」

「するってぇと、包んでくれた草餅は女将《おかみ》さんが捏ねてくれたのかい？」

「はい。初めて主人から許しをもらいましたので」

「そうだったのかい。ははは、こいつぁ嬉しいや」

歳三は満面の笑みを浮かべた。

巾着から出した銭を遥香に握らせ、引き換えに草餅の包みを受け取った。

「またお越しくださいまし。お待ちしておりまする」

「ありがとよ、お二人さん。言われなくてもまた来るぜ」

颯爽《さっそう》と去り行く背中を、智音は眩《まぶ》しげに見送る。

子どもは大人の良いところも悪いところも、意外と分かっているものだ。

土方歳三は智音にとって、好もしい大人であった。

見た目もいいが、とてつもない志を持っていそうなところも魅力と言えよう。

だが、母の遥香に懸想している様子なのは困ったことだ。

それは歳三にとって、明かすに明かせぬ想《おも》いだった。

四

いつしか日は暮れ、西の空は朱に染まっていた。

「へっ、血の色みてぇだな」

夕焼け空を仰ぎ見ながら、歳三は新大橋を渡り行く。

浜町河岸から人形町、八丁堀《はっちょうぼり》を経て向かうのは、江戸城の御濠《おほり》をぐるりと回った先の市谷。その高台の一画に当たる牛込柳町に、試衛館は在る。

歳三が居候している町道場は、親友の嶋崎勝太こと近藤勇を養子に迎えた、天然理心流三代宗家の近藤周助《しゅうすけ》が建てたもの。

しかし、せっかく江戸市中に道場を構えても入門を新たに望む者は少なく、周助も勇も甲州街道を歩いて多摩郡まで出稽古に赴くことで専ら収入を得ていた。

それでも暮らしは豊かとは言いがたく、歳三は居候をしていて心苦しい。

できるだけ負担をかけぬように石田散薬の行商も続けてきたが、このところ歳三は商いを時折休み、道場での稽古も程々にして、できるだけ出歩いている。

京に上れば、命懸けの御用が待っている。

華のお江戸で平穏無事に暮らせる日々も残りわずかと思えば、あちこち歩いて句をひねりつつ、名残を惜しまずにはいられなかった。

中身が乏しい巾着の他に、いつも懐に入れているのは矢立と発句帳のみ。

挑んできた相手は容赦せず、他の流派から荒くれの集団の如く恐れられる試衛館の一員でありながら、歳三には俳諧という、意外な趣味があったのだ。

愛用の発句帳には、武州で暮らしていた頃から書き溜めた句がびっしり。

江戸に来てからも、数は日々増えている。薬を売りながら市中のあちこちを歩くうちに、自然と着想を得た結果であった。

芭蕉ゆかりの新大橋界隈も、俳諧好きとしては見逃せぬ土地である。

笑福堂を初めて訪れたのも、そんな散策のついでだった。

足繁く通い始めたきっかけは、店頭で季節外れの草餅と出会ったこと。

歳三の大好物の草餅は、本来ならば春の菓子。それが秋の最中に売られていて、大いに驚かされたものである。

草餅に欠かせぬよもぎは、若葉が萌《も》える早春に摘むのが習い。夏から秋にかけてはぐんぐん伸びて太く高く生い茂り、葉も固くなってしまう。毎年決まって土用の丑《うし》の日に家伝の薬の材料にする草を刈るときも邪魔になるばかりで、草餅好きでは人後に落ちないつもりの歳三も、目を呉《く》れずにいたものだった。

とはいえ好物を目にすれば、季節外れでも気になるのは当たり前。

しかも勧めてくれたのは美しくて品の良い、歳三好みの女人であった。

『秋の草餅もなかなか美味《おい》しゅうございますよ。おひとついかがですか』

『う、うむ』

遥香から勧められるがままに注文し、恐る恐る口にしてみて歳三は驚いた。

刻み込まれたよもぎの葉は固くもなければ苦みもなく、色合いもいい。

『何でぇ、全然イケるじゃねぇか……』

夢中になって二つ三つと平らげた後には、ぼやかずにいられなかった。

『あーあ、春のもんだとばっかり思い込んでて損したなぁ。こんなことなら年がら年じゅう摘んできて、こしらえてもらっとけば良かったぜぇ……』

店先の床机に腰掛けていたので、誰も聞いてなどいまい。

そう思ってのぼやきだったが、くすりと笑う声がした。

『だ、誰でぇ』

『ごめんなさい。お茶のお代わりをと思いまして』

遥香は微笑む顔も上品だった。

『そ、そうかい』

空になっていた茶碗を差し出しながら、歳三も思わず頬を緩めたものだった。

以来、五日に一度は足を運んでいる。

理由はただひとつ、遥香と会いたいからだ。

それでも、店の中に入って長居をするのはいつも避けている。

智音はともかく、十兵衛が奥で目を光らせているからだ。

遥香の亭主ならば当然と言えようが、いささか目つきが鋭すぎる。夫として浮気されるのを心配してのことというよりも、護衛として油断なく身辺を警固しているかのようで、こちらも気が張る。

他の客たちは、そんな十兵衛の気配を察していない。

笑福堂のあるじが武家の出なのは知っていても、剣の手練ならではの気迫までは感じ取れず、体は大きくても童顔で人当たりのいい、穏やかな人物としか見なしていなかった。

だが、歳三には分かる。

大小の刀を帯びられず、袴を常着にするのを許されぬ農民あがりの身でも、ひとかどの剣客だからだ。

もちろん、十兵衛とてあからさまに威嚇《いかく》してくるわけではない。さりげなく遥香を案じて配る気を、歳三が過敏に受け取っているだけなのだ。

一方で智音には、遥香に寄せる好意を気付かれている節《ふし》がある。

子ども故に男女の恋情《れんじょう》は分からぬまでも、歳三が店に通ってくるのが自分の母親目当てであることは、薄々察しているらしい。

十兵衛の気迫と同様、勘働きの鋭い歳三なればこそ察知できたことだ。

ともあれ、一目惚れしたからには足を運ばずにいられなかった。

相手も商いである以上は、もちろん注文をしなくてはならない。

歳三は他の日に集中して行商に励み、草餅代を稼いだ。

日頃の倹約ぶりから一転して気前良く、勇夫婦と道場仲間のためにそれぞれ多めに包んでもらう。笑福堂の草餅は好評で、さすが歳さんは舌が肥えてるぜとみんな喜んでくれていたが、真の理由は明かしていない。

実は惚《ほ》れた女の顔を拝みたくて通っているとは、気付かれたくなかった。

しかし、今日の草餅は遥香が捏ねたという。

嬉しい反面、些《いささ》か不安でもあった。

出来がどうであれ、歳三なら幾らでも平らげる。

だが、道場仲間たちの舌は正直だ。口にしてみて味の違いに不審を抱き、根掘り葉掘り聞かれては困ってしまう。

とりわけ沖田総司には絶対に、遥香のことを知られたくはなかった。

(総司の野郎、すっかり生意気になりやがって。ちいせぇ頃はあのお嬢ちゃんみたいに可愛《かわい》らしかったのに、昔の俺も顔負けのバラガキになりやがってよぉ。腹ん中は真っ黒のくせに面《つら》だけはいいから、余計始末に負えやしない……俺が手前から女に惚れたと知ったら誰彼構わず言いふらし、ここぞとばかりに笑いものにしやがるに違いねぇぜ……)

「くわばら、くわばら」

ぶるっと背中を震わせて、歳三は急ぎ足で御濠端を行く。

歳三が道場仲間の目を気にするのは、女嫌いと公言していればこそ。

事実、異性から想いを寄せられるのには飽き飽きしている。江戸に来てからは目も呉れず、敬愛する兄貴分の勇を支えながら弟分である総司の成長を見守り、自身もひとかどの武士になろうと心に決めていた。

そんな土方が遥香に惹《ひ》かれたのは他の女たちにはない、慎ましさと優雅さを自然と醸し出していればこそ。

男の気を惹こうとして、それらしく振る舞っているのとは違う。生まれ持つ気品が成長するに伴って高められたのでなければ、ああはならないことだろう。

(あれこそ本物の武家女だ……うん、そうに違いあるめぇよ)

一人頷き、歳三は微笑む。

まがいものならば、嫌と言うほど相手にしてきた。

行商をしていれば、誘惑されるのは日常茶飯事。

武州はもとより江戸でも、男日照りの人妻に色目を使われてばかりいる。武家の妻女ならば慎み深いのかと思えばそうではなく、逆に町場の女房たちよりもだらしない。薬を買ってもらうためには拒んでばかりもいられず、割り切って山ほど相手をしてきたものだが、もはや真っ平御免であった。

恋をするのはいいものだ。毎日明るく、前向きに過ごすことができる。

問題は、いつ口説くのか、である。

がっついた男とは思われたくなかったが、残された日数《ひかず》が少ない。

想いを告げられぬまま京に上れば、必ず悔いが残る。

心に迷いを抱えていては、刀を抜くときにも迷いが生じる。

せっかく一門揃って世に出る好機が訪れたのに、犬死にはしたくない。

念願の刀も月が明け、浪士組の一員として京に上る日から堂々と帯びて歩くことができる。すでに一振り、親類で地元の名主の小島鹿之助《こじましかのすけ》から借り受けてあった。

これまで試衛館で帯刀することができずにいたのは、歳三だけだった。

同じ農民の出でも勇は剣術道場のあるじとなって以来、武士に準じた立場と公に認められている。源三郎は八王子千人同心の倅《せがれ》なので、半士半農の郷士ながら歴《れっき》とした士分であり、ちびから大男に育った総司も亡き父が陸奥《むつ》白河の藩士で、生まれながらの武士であった。

後から仲間に加わった面々も、身分の違いこそあるが全員が士分。みんな誰憚《はばか》ることなく大小の二刀を帯びて、ふだんから袴を着けていられる。

口には出さぬが、うらやましい限りであった。

(いつまでもこんな格好じゃいられねぇな)

火を入れた提灯《ちょうちん》を消さないようにしながら、歳三は肩を揺すり上げる。

士分以外の者は祝いの席でしか、紋付と袴を着けることを許されない。

今穿いている野袴にしても、本来は武士のための略装。さすがにそこまで取り締まられはしないが、もしも口うるさい役人の目に留まれば分不相応の装いとして罰されかねなかった。

早く本物の袴を穿き、帯刀して歩きたい。

そのためには一日も早く京に向けて出立し、武士と認められる立場にならなくてはいけないが、引き換えに笑福堂には来られなくなってしまう。

一体どうしたらいいものか――。

手にした草餅の包みが、やけに重たい。

それでも、持ち帰らぬわけにはいかなかった。

歳三たちに背中を押されて浪士組に参加し、上洛するとは決意したものの、気が張っていて余り眠れずにいる勇には、甘いものが必要だ。

道場仲間の面々も盛り上がっているようでいながら、どこか不安を抱えている感は否めぬ様子だった。

無理もあるまい。これから向かう京の都は、攘夷《じょうい》浪士が公儀に刃向かい、人斬りを繰り返している修羅場なのである。

もとより腕自慢の一同だが、全員に人を斬った覚えがあるわけではない。

少なくとも、歳三にはまだなかった。

武州に居た頃から喧嘩は幾度となく場数を踏んでおり、生意気な郷士の倅が刀で斬り付けてきたのを跳んでかわしざまに大脇差を振るい、傷を負わせて退散させたことはあったものの、あくまで軽くかすめただけで、骨まで断ち割る手ごたえなど知らなかった。

巻き藁《わら》ならばサクサク斬れるが、人は動く。

それも必死になって刀を振るい、こちらを返り討ちにしようとするのである。

果たして木刀や竹刀《しない》を打ち込むのと同様に間合いを見切り、臆することなく踏み込んで手の内を締め、物打《ものうち》を利かせて斬り伏せることができるのだろうか——。

そんな不安を密かに抱えているのは、自分一人ではないはずだ。

故に歳三は近藤家だけでなく、道場仲間にも土産を持ち帰るのを欠かさない。

菓子には人を癒し、明るい気持ちにさせてくれる力がある。

草餅に限らず、笑福堂で売られているものはみんなそうだった。

あるじの十兵衛は遥香と智音を護るべく漂わせる気迫こそ鋭いが、接してみれば穏やかで口調も柔らかい。そんな人柄が込められていればこそ、手がける菓子の味も優しいのだろうと歳三は思う。

京に上るのを前にして気が休まらぬ自分たちにとっては、最適の癒しであった。

そんな十兵衛の指導の下でこしらえたのだから、遥香の草餅もまったく同じとはいかないまでも、似たものに仕上がっているに違いあるまい。

「さーて、今夜も気前良く振る舞ってやるとしようかい」

宵闇の中、歳三は微笑んだ。

試衛館では、疾うに夕餉《ゆうげ》の片付けが終わった頃。いつも早寝をしてしまう隠居の周助夫婦に食べさせるため、日が暮れて早々に済ませるからだ。居候の面々だけ後から食事を出してもらうわけにもいかず、もとより量も少ないため、例によって腹を空かせている時分であった。

提灯で足元を照らしながら、歳三は先を急ぐ。

と、後ろから乱れた足音が聞こえてきた。

頭数は察するに七、八人か。

先を争い、こちらに向かって一直線に突き進んでくる。

歳三はサッと提灯を畳むや、蠟燭《ろうそく》を吹き消した。

とたんに足音が止まり、動揺した気配が伝わってきた。

一瞬の間を置くと、今度は慎重に前進し始める。

歳三に気付かれたと悟って警戒はしているものの、退散まではしない。

となれば、少し痛い目を見てもらう必要がある。

「仕方ねぇなぁ」

溜め息をひとつ吐くと、歳三は菓子の包みを懐に入れた。

合わせて二十もあればさすがに重く、引き締まった腹の辺りまで来る。

とたんに恰幅の良くなった歳三は、腰の大脇差を鞘に納めたまま抜き取った。

ずんずん大股で歩み寄り、出会い頭にまずは一撃。

「ぐわっ」

苦悶《くもん》の声を上げてのけぞったのは案の定、先程の大坪だった。

頭数が多すぎるのは、連れの二人に加えて加勢まで頼んだからだった。

「野郎、よくも若様を！」

「さむれぇでもねぇくせに生意気な！　くたばりやがれっ」

口々にわめきながらかかってきたのを、歳三は続けざまに打ち倒した。

大坪たちの加勢は旗本仲間ではなく、それぞれ屋敷から呼び寄せた中間《ちゅうげん》たち。

手にした得物も刀ではなく、日頃から後ろ腰に差している木刀である。

それなりに腕っ節は強そうだが剣術の修行まではしておらず、足さばきも手の内もなっていなかった。

それはあるじの大坪たちも、似たようなものだったが――。

「こやつ！」

刀が唸《うな》りを上げて闇を裂く。

サッと歳三は後ろに跳んだ。

かわしたとたん、悲鳴が響き渡る。

「ぎゃっ!?」

刃を受けたのは歳三ではなかった。

膝を押さえてわなないていたのは刀を振るった、大坪の取り巻きの旗本自身。

思い切り空振りした刀身を止められず、前に踏み出していた自分の足をかすめてしまったのだ。

「大丈夫ですかい、若様ぁ！」

「早いとこ血を止めねぇと！」

中間たちは慌てふためき、もはや歳三に向かって行くどころではない。

「へっ。刀の握り方も碌に覚えさせねぇで、何が講武所だい」

よろめきながら逃げて行くのを追うことなく、歳三は吐き捨てた。

これが直参旗本の実態と思えば、つくづく情けない限りであった。

講武所に一流の教授を揃えていても、教わる側が適当にやっていては異国の軍勢と戦うどころか、基礎も身に付きはしない。

そもそも、高名な剣客たちの指導を受ける域に達していないのだ。

たった一人の相手に、それも名のある流派の剣など学んでおらず、帯刀するのも許されぬ者にしてやられるようでは、話になるまい。

「上様もお気の毒だな。あれが旗本八万騎の端くれとは、泣けてくるぜ」

ぼやく歳三の声は切ない。

しかし、続く言葉は力強いものだった。

「やっぱり俺と勇さんが立ち上がるしかあるめぇよ……あんな頼りにならねぇ奴らに任せておいたら御公儀どころか、日の本の行く先も真っ暗闇さね」

もはや悠長に構えてはいられない。

やはり一門を挙げて京に上り、将軍家の御為に働くべし。

粉骨砕身するためには、一片の未練も残してはなるまい。

なればこそ、遥香に想いを告げるのだ。

必ず江戸に戻って来るので、待っていてほしいと約束を交わすのだ。

相手が本物の人妻と分かっていれば、そもそも恋心など抱きはしない。

歳三はもとより気付いていた。

十兵衛と遥香は実の夫婦ではない。

よそよそしさを隠せぬ智音を見ていれば、自ずと察しも付こうというもの。

遥香にしても、完璧に十兵衛の女房を装えているわけではなかった。

そもそも、あの二人は男女の仲にさえなってはいまい。幾多の女たちから惚れられてきた、歳三なればこそ見抜けることであった。

清い間柄だとしても、固く結ばれた仲を裂くような真似はしたくない。

だが、十兵衛と遥香は違う。

憎からず想い合っていながらも、まだお互いに迷っている。

これから先も、迷い続けるのは目に見えていた。

ならば、自分が割り込んでもいいはずだ。

もはや歳三の決意は揺るがなかった。

「ん？」

歳三は怪訝《けげん》な声を上げた。

いつの間にか、胸元がべっとり濡れている。

返り血を浴びたのではない。気付かぬうちに刃を受けたわけでもなかった。

墨染めの着物は、腹まで湿りを帯びていた。

「あーあ、抜かったぜ」

苦笑しながら、歳三は懐中から二つの包みを引っ張り出す。

戦いの最中に潰れてしまったようである。

せっかく美味そうだった草餅も台無しである。こうなってしまっては近藤家の人々はもちろんのこと、むくつけき道場仲間たちにも見向きされまい。

「仕方ねぇなぁ」

苦笑しながら歳三は指を伸ばし、ひしゃげた餅を摘み上げる。

土産としては台無しになってしまったが、自分で食べるなら形など問題ない。

たとえ十兵衛の域には及ばぬ素人《しろうと》じみた出来で、おまけに潰れてしまっていようと、味さえ良ければ、それでいいのだ――。

「に、苦《にげ》ぇ！」

ひと口嚙み締めたとたん、歳三は吐き出した。

よもぎのあくが抜けていない。とても食べられたものではなかった。

春先の若葉と違って、伸びすぎた秋冬のよもぎは念入りなあく抜きが必要だ。

ところが遥香は、洗って汚れを落としただけだったらしい。

米粉を捏ねて蒸し上げた、餅の生地そのものは申し分なかったが、これでは食べられたものではない。夜討ちをされずに試衛館まで持ち帰り、皆に振る舞えば大騒ぎになっていただろう。

「こいつぁ一体どういうこった……？」

訳が分からず、歳三は茫然《ぼうぜん》とするばかり。

遥香がわざとそうしたのだとは、夢想だにしていなかった。

「母上、どうしたのですか」

「いえ、別に何もありませぬよ。さぁ、早くお休みなさい」

ちらりと浮かべた笑みを収め、遥香は智音を寝かしつける。

よもぎのあくをわざと抜かず、苦い草餅をこしらえて歳三に渡したことに智音はもとより、十兵衛もまだ気が付いていない。

遥香が菓子作りを手伝い始めた当初であれば十兵衛も目を離さず、すべての工程を手伝いながら見届けずにはいられなかったことだろう。

しかし元来器用な遥香はすぐに基礎を飲み込み、草餅については焼きまんじゅうと共に作り方を早々に覚えたため、十兵衛も安心して任せていた。

客に出したのも、実は歳三が初めてではない。遥香に好意を抱く松三を皮切りに幾人もの客がすでに味わい、これならイケると太鼓判を捺《お》してくれている。

万事に慎重な十兵衛もさすがに安堵《あんど》したらしく、味見もしなくなっていた。

そんな頃合いを見計らい、遥香は今日の所業に及んだのだ。

すべてが歳三に嫌われるための段取りであったことに、誰も気が付いていない。

遥香とて、ただの悪意やいたずらでこんな真似をしたわけではなかった。

寄せられる好意が、余りにも重たいのだ。

松三はしつこいようでも本気で口説こうとはしていないので、まだいい。十兵衛と遥香のことを夫婦と認めて度が過ぎた振る舞いはせず、甘いもの嫌いだったのが少しずつ味を覚え、近頃は笑福堂に通うのを下心抜きで楽しんでいるのも伝わってくる。あちこちに店の評判を触れ回ってくれるのも、有難い限りであった。

しかし、歳三はどうにも扱いかねる。

穏やかなようでいて、胸の奥底に秘めた情熱はとてつもない。

色恋に限らず、何ごとも押し通さずにはいられぬ質《たち》と見受けられた。

必ずや、あの男は出世をするだろう。

武士となるだけにとどまらず、後の世にまで名を残しても不思議ではあるまい。

そう見込んでいながらも、遥香は草餅に細工をした。

土産に持ち帰った菓子が余りに酷い代物ならば、周囲は無駄銭を遣うなと意見をすることだろう。歳三が弟同様に可愛がっている沖田という青年はとりわけ弁が立つらしく、遥香のことも辛辣にこき下ろすに違いなかった。

材料を無駄にしたり、上客を一人減らすことになるのは、店を営む十兵衛に申し訳ない限りである。

されど歳三に諦めてもらうためには、ここまでせざるを得まい。

「あーん、母上ぇ」

智音が寝言を言っている。

「…………」

掻《か》い巻きの上から撫《な》でてやりつつ、遥香は視線を巡らせた。

階下には、まだ明かりがついている。

十兵衛が調理場で仕込みをしているのだ。

店の二階は、遥香と智音が母娘水入らずで過ごす場所。

この地に店を構えたとき、十兵衛が進んでそう決めたのだ。

その十兵衛は夜も一階で仮眠を取り、刺客の襲撃に備えるのが常である。

江戸に落ち延びる前からそうだった。脱藩してからの道中で幾多の危険に見舞われながらも、ずっと護ってくれたのだ。

そんな気の休まる暇もない暮らしを、十兵衛は未だに続けてくれている。

このままではいけない——。

智音に添い寝をしながら、今宵《こよい》もなかなか寝付かれぬ遥香であった。

五

翌日、歳三は朝一番で試衛館を後にした。

少年の頃から何であれ、思い立ったら行動するのは早い。

奉公先で理不尽な真似をされれば相手が年上だろうと構わずにぶっ飛ばし、その日のうちに多摩郡まで歩き通して帰るのが常だった。

そんな男が、恋をしたのだ。

腹さえ決まれば、後は実行に移すのみだ。

今日は矢立と発句帳の他に、一通の手紙を懐にしている。

想いを伝えるべく新大橋を渡り行く、足の運びは力強い。

遥香を連れ出した場所は、店を出てすぐの稲荷の社《やしろ》。

十兵衛が邪魔立てすれば、腕ずくで話を付けるつもりだった。


「土方さま、このような真似をされては困ります」

こぢんまりした境内で渡された恋文を読み下し、遥香は即座に突き返した。

「冗談なんかじゃないのだぜ。俺は本気だ」

握らせようとするのを手で遮り、歳三は微笑む。

「土方さま」

遥香の目が細くなった。

「おいおい。そんな怖い顔は、お前さんには似合わねぇぜ」

フッと笑うと、歳三は思わぬことを言い出した。

「別にいいじゃねぇか。子持ちでも、今は独り身なんだろう?」

「えっ……」

「十兵衛さんは旦那じゃないんだろ。そのぐらい最初《はな》っからお見通しだよ」

ずばりと指摘されてしまった遥香は、声も無い。

歳三はさりげなく言い添えた。

「ああそうだ、昨日の草餅だったら、気にしちゃいないよ。誰にでも仕損じるってことはあるもんだ。俺はあのぐらいで怒りゃしねぇから、安心してくんな」

「………」

怒ってもらったほうがいいのに、当ては外れた。

「返事を待ってるよ、遥香さん」

それだけ告げると、歳三は遥香に背中を向ける。

もしも十兵衛が追って来れば、相手になるつもりでいた。

しかし、殺気は飛んで来ない。

代わりに聞こえてきたのは、ぱたぱたという足音だった。

「土方さまー！」

一人で追ってきたのは智音であった。

切り下げ髪を揺らして駆け、歳三の前まで来る。

はぁはぁ息を弾ませながら、ちいさな瞳でこちらを見やる。

歳三は黙って言葉を待つ。

しかし、智音はうつむいてしまって口ごもるばかり。

「あの……あの……」

また思い詰めてしまい、何から言っていいのか分からないのだ。

子どもらしいしぐさに笑みを誘われながらも、歳三の心中は穏やかではない。

智音は遥香の娘である。歳三にとっても、大事にしたい存在だった。

しかし世話をするつもりでいても、嫌われてしまっては話になるまい。

母親を好きになったことを、この少女は何と思っているのだろうか。

強いて問うわけにいかない以上、こちらは答えを待つしかない。

すっと智音が顔を上げた。

「あのね、土方さま」

思い切って口にしたのは、意外な言葉だった。

「あたし、じゅうべえがすきなの」

「そうかい」

頷いて聞いたものの、どこか寂しい。

しかし、付け入る隙が無いわけではなかった。

「なぁ智音、ひとつ訊《き》いてもいいかい」

「何ですか」

「お前さんにとって、あの人はおとっつあんじゃなくて、十兵衛さんなんだな?」

「うん」

智音はこっくり頷いた。

「成る程な」

歳三は微笑んだ。

やはり、あの男は遥香の夫と違うのだ。

智音から好かれているということは分《ぶ》が良さそうにも思えるが、日々の暮らしを支えてもらっているが故の好意とすれば、こちらにも勝ち目は有る。

さりげなく、歳三は続けて問いかける。

「で、おっかさんは誰が好きなんだい」

「母上……母上は……」

「いいぜ、すぐに答えてくれなくても」

歳三は無理強いしなかった。

とにかく、こちらの気持ちは遥香に伝えたのである。

十兵衛が亭主ではないことを指摘し、人妻だからと拒むのも封じておいた。

後の答えは黙して待つのみ。

「また出直すか……」

つぶやきながら歳三は歩き出す。

智音がしょんぼり肩を落とし、帰って行くのを見届けた上でのことだった。

「左様でございましたのか。あの土方どのが、御前さまに……」

その夜、階下で遥香から話を聞いた十兵衛は、怒り出そうとはしなかった。

そればかりか、思わぬ一言を遥香に告げた。

「良きお話ではありませぬか、御前さま」

「十兵衛どの!?」

「土方どのは出世をなさる御仁です。必ずや京の都で名を揚げ、江戸に戻って参ることでしょう。今は士分に非ずとも、いずれは御前さまにふさわしきお人となるに違いありませぬ」

「まことに……本心で言うておられるのですか?」

「はい」

十兵衛の態度に気負いはない。

また、芝居をしているわけでもなかった。

土方歳三はひとかどの男と、本心から見込んでいたのだ。

武士となって将軍家を護ろうとする決意は固く、揺るぎない。

徳川の天下を支える役に立っていない直参に成り代わり、士分に非ざる身でありながら風雲急を告げる京に向かうなど、傍から見れば無謀であり、滑稽なことだと受け取る者もいるかもしれない。

しかし歳三のそんな姿勢に、十兵衛は感じ入るものがあった。

直参に限らず、日の本の武士の多くは箍《たが》が緩んでしまって久しい。

異国の力に翻弄され、幕府と朝廷、将軍と諸大名の思惑が入り乱れる中で為す術《すべ》を知らず、ただ流されて生きる者が実に多い。

だが、歳三は違う。

危険な役目と承知で浪士組に加わり、本来は旗本や御家人が為すべき役目を自ら進んで担おうとしているのだ。

何も、そんな苦労を背負い込むことはないはずだ。

あれだけ男前で格好良く、腕っ節が強くて頭も切れれば、もっと気楽に世の中を渡れるはずである。

しかし、歳三はそうしない。

豪農の家に生まれ、大店への奉公先も引く手あまたでありながら、楽な生き方をしようとは考えてもいなかった。

これほどの男にならば、安心して遥香と智音を任せられる。

今のうちに、自分は身を引いたほうがいい——。

黙ったまま背中を向ける十兵衛に、遥香は声も無い。

その代わり、口より先に体が動いた。

「なりませぬ、御前さまっ」

「いいえ、離れませぬ」

きつく十兵衛に抱き付いたまま、遥香は言った。

「私を見くびらないでくだされ、十兵衛どの」

「そんな、何を仰せになられます」

「いいえ、見くびっておられますとも」

告げる口調はいつになく怒りを帯びていた。

たしかに、これは女人として腹を立ててもいいところ。

十兵衛の無神経な物言いに対し、遥香は声まで荒らげていた。

「私のことを、誰にでも付いて行くおなごとお思いになられましたのか？　そんな尻軽を救うために、十兵衛どのはすべてを棒に振られましたのか!?　それでは二人揃うて、ただの愚か者ではありませぬか……」

いつしか泣き出してしまった遥香を、十兵衛は黙って抱き締めるばかり。

智音が先に二階に上がり、すやすや眠っていてくれたのが幸いだった。

六

早いもので月は明け、二月になった。
いよいよ試衛館が一門を挙げて浪士組に加わり、京へ上る日も近い。
しかし、歳三の遥香への想いは断ちがたい。
さりとて、仲間を抜けるわけにもいかなかった。
自分が付いていなければ、一門は成り立つまい。
驕《おご》った考えではなかった。
勇は剣の腕はもちろん、貫禄も抜きん出ているものの人が良くて騙《だま》されやすい。
お人好しなのは年嵩《としかさ》の源三郎も同様で、総司は剣に劣らず弁も立つがまだ若い。
やはり歳三が目を光らせていなくては、どうにもなるまい。
悩みながらも、今日も笑福堂に足を運ばずにはいられなかった。
すでに日は暮れかけている。
「急がなくっちゃな……」

新大橋を渡ろうとした刹那、歳三の足が止まる。

遥香が橋を渡って来たのだ。

対岸から歳三の姿を見付け、駆け付けたらしい。

見れば十兵衛も一緒であった。

「へっ、そういうことになっちまったのかい……」

よそよそしさの失《う》せた二人の姿を目の当たりにして、歳三は負けを悟った。

しかし、落ち込んでいる暇はなかった。

「覚悟せい、土方！」

日が沈んだ瞬間を見計らって現れたのは、覆面の男たち。

物取りや辻斬《つじぎ》りの類いではなかった。

いずれも家紋の入った羽織を着けて袴を穿き、大小の刀を帯びている。

「その声は大坪だな。わざわざ面まで隠しやがって、情けないと思わねぇのか」

「やかましい。今日こそ引導を渡してやる故、覚悟せい！」

勘働きのいい土方に正体を見抜かれても、多勢を引き連れた大坪は強気だった。

かねてより試衛館と敵対している、御家人たちを集めたのだ。

名の知られた流派の出で、末端でも将軍直属の家臣と自負する彼らにしてみれば農民でありながら剣を学び、浪士組にまで加わった近藤一門はまことに鼻持ちならない存在だった。

しかし道場に乗り込んで、何度立ち合っても勝てはしない。

腹立たしくても腕が立つのは事実であり、まともに叩《たた》き潰すのは至難だった。

そこで彼らは考えた。

近藤勇は腕こそ立つが、お人好しで世間知らず。

一門の束ね役になっているのは土方歳三であり、真に潰すべきなのはあの男。

左様に考え、かねてより闇討ちにしようと機を窺《うかが》っていたのだ。

それに歳三なら清河八郎に見込まれ、勇を差し置き隊の幹部に抜擢《ばってき》されかねない。

もしもそんなことになれば、二度と手を出せなくなってしまう。

今のうちに、亡き者にするしかない。

そんなところに渡りに船で、大坪から誘いが来たのである。

大身旗本が後ろ盾なら、堂々と無礼討ちにしても障りは無い。

むしろそうしてやったほうが、試衛館一門も応えることだろうし、文句も言えまい。


かくして陣容を整え、満を持して仕掛けてきたのである。

十兵衛と遥香が居合わせても、彼らは意に介さなかった。

「運が悪かったのう、笑福堂」

十兵衛に告げる、大坪の声は冷たい。

「何となさるご所存ですか」

「無礼討ちにするにせよ、段取りというものが要るのでな」

覆面の下で顔を歪ませ、大坪は不気味に笑った。

「うぬは土方と気脈を通じ、我らに刃向こうたことになってもらう。女将、おぬしは後追いで死ぬのだ」

遥香も巻き添えに斬り捨てるつもりなのだ。

「てめぇら、許さねぇ！」

その一言を聞いたとたん、歳三が怒りの叫びを上げる。

だが、動いたのは十兵衛のほうが早かった。

「ぐわっ」

好き勝手をほざいた大坪に真っ先に当て身を食らわせ、刀を奪う。

「お使いになりますか、土方どの」

「えっ」

「その大脇差では打ち折られますぞ。これでご存分に禍根をお断ちなされ」

「お前さんはどうするんだい」

「私は斬るわけに参りませぬ。この手は菓子を作るものにございますれば」

「そうかい」

ふっと微笑んだ次の瞬間、歳三の形相が一変した。

後に鬼と呼ばれる、冷たくも猛々《たけだけ》しい形相になったのである。

「だったら俺が存分に斬らせてもらうよ。さぁ旦那、行くぜぇ」

「承知！」

二人は同時に飛び出した。

「おらっ！」

怒号と共に刃が走り、夕闇を裂いて血煙が上がる。

歳三は手当たり次第に斬りまくるばかりでなく、十兵衛が当て身で倒した相手にとどめを刺していくのも忘れない。

一人でも生きて帰せば歳三自身が無事で済まないどころか、試衛館一門の浪士組への参加まで取り消されてしまう。そんなことは、断じてさせまい。

「さぁ、どうした、さむれぇの意地があるなら俺を倒してみやがれ！」

吠《ほ》える歳三は、真剣に対する恐れも克服していた。

それは平和な時代に生きていれば、知らなくてもいいことだった。

刀取る身の武士であっても、真剣勝負を経験するのは、生涯に一度あるかないかのこととされていたからだ。

しかし、今や時代が違う。

黒船来航から十年を経て、日の本は再び乱世となりつつある。

京の都では諸藩の浪士が暗躍し、幕府に反旗を翻そうと目論んでいる。

彼ら倒幕派の動きを鎮めるために、公儀は浪士組を派遣すると決めたのだ。

京へ上るのを目前にした歳三に、もはや迷いはなかった。

徳川の天下を護ることは必ずや、日の本の安寧を保つのにつながるはずだ。

これは、命を懸ける甲斐のある役目であった。

世が乱れれば、泣きを見るのは名も無き庶民。

無辜《むこ》の民のためにもなると思えば、倒幕派と戦うことを恐れてはなるまい。

しかるに、この旗本どもはどうだろうか。

つまらぬ意地のために大挙して繰り出し、歳三を狙うばかりか、十兵衛と遥香のことまで巻き添えにするのを厭《いと》わずにいる。

武士の風上にも置けない連中である。

徳川家のためにも、こんな奴らは粛清すべきだ。

「くたばりやがれ、ごくつぶしが！」

歳三は怒号と共に刀を振るう。

唸りを上げた白刃が、敵をざくりと斬り伏せる。

激昂《げっこう》していても、体《たい》のさばきに力みはなかった。

両の肩からも、無駄なく力が抜けている。

故に動きが軽やかで、澱みないのだ。

前後から挟み撃ちにされても、慌てはしない。

前の敵を叩っ斬るや、サッと後ろに向き直る。

足の踏み替えは軽やかにして力強い。
上体が向き直るより早く、腰から先に敵と正対《せいたい》していた。
刀で斬るのも拳で打つのも、足腰が付いて来なくては勢いが乗らぬもの。
素手での喧嘩が強い歳三は、とりわけ腰の回転が重要なのを知っている。
速く強く殴るこつは、確実な斬り付けにも相通じるものだった。
「むん！」
気合い一閃、刃が走る。
背後から斬りかからんとした敵が、どっと血煙を上げて倒れ込む。
残るは大坪だけだった。
「来な」
告げる歳三は返り血まみれ。
束ねた髪は元結《もとゆい》を断たれ、ざんばら髪になっていた。
着衣もところどころ裂け、浅手を負わされている。
それでいて、闘志は衰えるどころか燃えるばかり。
対する大坪は、見るからに腰が引けていた。

「ううっ……」

覆面越しに聞こえる声は弱々しく、構えた刀は震えが止まらない。

されど、引き下がるわけにはいかなかった。

たった二人を相手に全滅しては、旗本八万騎の名折れというもの。

しかも、歳三は士分に非ざる身なのだ。

後れを取っては、末代までの恥。

しかし、腕が違いすぎる。

「お、おのれ……」

大坪は、息の乱れも止まらずにいる。

対する歳三は無言で迫る。

全身の疲れを微塵《みじん》も見せず、じりじり間合いを詰めていく。

先に仕掛けたのは大坪だった。

「ヤ……ヤーッ!!」

気合いを上げ、勢い込んで刀を振り下ろす。

歳三も同時に斬り下げていた。

足腰のばねを利かせた斬撃は、これまでにも増して速かった。

「ぐはっ」

大坪は血反吐《ちへど》を吐いて倒れ込む。

刀を落として息絶えるのを、歳三は淡々と見守りながら納刀する。十兵衛が鞘を拾って渡してくれたのだ。

痙攣《けいれん》する大坪に油断なく視線を向けたまま、まずは刀身の血脂を振り払う。

続いて左腰に差した鞘を引き、納まり切ったところで鯉口《こいぐち》をそっと締める。

残心《ざんしん》と呼ばれる、対敵動作の締めくくりだ。

相手が無頼の輩《やから》ばかりであれば、こんな悠長な真似などしない。

真っ向から渡り合うどころか刀を交えながら足を踏ん付けたり、近間《ちかま》で顔面に唾《つば》を浴びせたり、頭突きを食らわせたりと、汚い手を使っても一向に構わなかった。

だが大坪は腐っても直参旗本。それも御大身だ。

あれこれ卑怯な真似をしてくれたが、せめて最後は真っ向勝負をしてやりたい。

そう思えばこそ、こちらも正面切って立ち向かい、命を懸けたのである。

「ああ……」

返り血をしとどに浴びた歳三の姿を目の当たりにして、遥香は気を失った。

「後を頼むぜ、旦那さん」

十兵衛に遥香を託すと、歳三は背中を向けた。

血刀を放り捨て、去り行く表情は穏やかそのもの。

恋情を潔く断ち切り、大志を抱いて生きる決意を固めていた。

七

そして二月八日。

浪士組に志願した一同が集う小石川の伝通院《でんづういん》に、思わぬ男がやって来た。

門を潜って姿を見せたのは十兵衛。

「お早うござる」

居並ぶ猛者たちが睨《ね》め付けてくるのをものともせず、歳三に歩み寄る。

心づくしの草餅を届けると同時に、遥香との間柄をすべて明かすつもりだった。

歳三は油断できぬ浪士たちの目もある大信寮《だいしんりょう》から離れ、同じ伝通院の処静院《しょじょういん》内の閑静な一室に十兵衛ともども通された。浪士組の取締役で旧知の岩井信義を通じて笑福堂の菓子の評判をかねてより耳にしていた、鵜殿鳩翁《うどのきゅうおう》の計らいであった。

「よく来てくれたなぁ、旦那。嬉しいぜ」

歳三は笑顔を浮かべて告げながら、上座を勧めた。

「されば、ご無礼つかまつる」

礼を述べると、十兵衛はあぐらを掻いて座る。

足を崩しながらも、背中は曲げない。

敵ではないと分かっていながら、目の前の歳三から視線を離しはしなかった。

「さすがはお武家の出だな。いつだって隙がねぇや」

十兵衛の身ごなしに、歳三は感心した声を上げる。

襟元から覗く包帯は、先日の戦いで受けた傷の名残だ。

「大事ないのか、土方どの？」

「心配されるにゃ及ばないよ、いつもの通り、石田散薬がよーく効いたんでな」

「あれはたしか、打ち身の薬だったのでは……」

「へへっ。その気になれば、何にでも効くのさ」

微笑む歳三に、戦いの際の鬼気迫る雰囲気はない。

その笑顔を見返して、十兵衛は言った。

「土方歳三どの。おぬしを見込んで、明かしておきたいことがある」

「何だい、そんなに改まって」

歳三は戸惑った顔で答える。

十兵衛は膝を正し、こちらをじっと見ていた。

何はともあれ、自分だけ足を崩したままではいられまい。

居住まいを正すのを待って、十兵衛は話を続けた。

「お察しのことかと存ずるが、私が共に暮らしておるのは妻子に非ず。亡きあるじからの、大事な預かりものなのだ」

「お前さんのご主君からの？」

「左様。加賀下村の先代様だ」

「おいおい、立派なお大名じゃねぇか」

歳三は驚かずにいられなかった。

下村藩の前田家はわずか一万石ながら、加賀百万石に連なる名家。

しかも藩祖は戦国の英雄だった、前田慶次である。

男なら誰もが憧れずにいられぬ英雄の末裔だけに、代々の藩主もひとかどの武士ばかりであった。

とりわけ先代の前田慶三《けいざ》は文武に優れ、それでいて稚気《ちき》に溢れた、愛すべき人柄だったと耳にしている。大名に対してはおおむね手厳しい江戸っ子たちが、素直に敬意を表さずにはいられぬほどの人物であった。

十兵衛は、そんな魅力ある大名に仕えていたのだ。

しかし、遥香と智音については解《げ》せない。

今はともかく、もともと十兵衛と赤の他人だったのは分かる。

見当が付かぬのは、主君からの預かりものであるということ。

「どういうこったい、旦那」

「十兵衛で構わぬよ、土方どの」

続ける口調は真剣そのもの。

士分に非ざる歳三を、微塵も軽んじてなどいなかった。

「あのお二人は、前《さき》の御国御前と姫君であらせられる」

「えっ……」

「先代様を空《むな》しゅうせし罪を着せられ、憂き目を見ておられていたのをそれがしがお助け申し上げ、江戸までお連れしたのだ」

「そいつぁ、御家騒動ってやつじゃゃねぇか」

「左様」

「お前さん、そんな大ごとを軽々しく明かしちまっていいのかい？」

歳三は戸惑った声で続けた。

「俺はさむれぇでも何でもねぇ、百姓の倅なのだぜ。金打《きんちょう》をしろって言われたところで無理なのに、どうして」

「土方どのには口止めなど無用にござろう」

「お前さん、そいつぁ人が良すぎるぜ」

歳三は十兵衛を窘《たしな》めた。

「他人のことは疑ってかかるぐらいでちょうどいいのが世の中だ。仲間だからって信用できるもんじゃねぇし、いつ裏切られるのか分かったもんじゃねぇのだぜ」

「されど、ご一門は別でござろう」

「そりゃ、勇さんや源さん、総司の奴まで疑っちゃいないけどよ」

「それがしにとっては、御前さまと智音さまがそうなのだ。お助けしたことに悔いなどござらぬ……」

十兵衛の態度に気負いはない。

すべての経緯を続けて明かしながらも、終始落ち着いていた。

土方歳三という男は、信じるに値する。

たとえ何を聞かせようと、驚きこそすれども口外まではしないはず。

なればこそ、すべてを包み隠さずに明かしたい。

心から、そう見込めばこその態度であった。


「成る程なぁ、そういうことだったのかい……」

十兵衛の話を聞き終え、歳三は深い溜め息を吐いた。

「つまり俺は、とんだご無礼を働いてたってわけだな」

「左様。それがしも手は出せぬお人なのだ」

「くわばら、くわばら」

苦笑を収め、歳三は膝を揃えて座り直す。

「いろいろすまなかったな。この通りだ、十兵衛さん」

「土方どののご武運とご栄達、心よりお祈りいたす」

「かたじけねぇ。それじゃ十兵衛さん、達者でな」

立ち上がった歳三は、境内の一画を占めて待つ仲間たちのところに戻って行く。

「おーい歳さん、そろそろ出立だぞぉ」

いかつい顔を綻ばせ、近藤勇は呼びかける。

朴訥《ぼくとつ》な天然理心流四代宗家の願いはただひとつ、将軍と徳川家を護ることのみ。

その片腕で在りたいからには、恋より剣に生きるしかあるまい——。

「さーて、行くとしようかい」

はなむけの草餅を懐に抱き、力強く歩き出す土方歳三であった。

第二章　甘納豆

一

「ヤッ」

「トォー」

武者窓の向こうから、力強い気合いの応酬が表の通りまで聞こえてくる。

近くの大川堤の桜は満開だった。

文久三年の二月も半ばに至り、新暦の四月を迎えた江戸は春爛漫《らんまん》。

花見に浮かれる市井《しせい》の人々をよそに、今日も夜明け前から集まってきた門人たちが入れ替わり立ち代わり、剣術の稽古に励んでいた。

この道場の流儀は無外《むがい》流。五代将軍、徳川綱吉の世に創始された流派である。

開祖の辻月丹《つじげつたん》の門下には大名が数多く、とりわけ姫路と土佐の両藩に伝承されたことで知られるが、直参旗本と御家人にも学ぶ者は少なくなかった。

旗本八万騎は、まだ全員が腐り切っているわけではない。

新大橋を渡った先の浜町河岸の一画に建つ、その道場で師範代を務めているのも名のある旗本の家に生まれた、うら若き剣士だった。

剣の修行では技の形《かた》を学ぶことと、実際に相手にかかっていって打ち合うことを上手《うま》く両立させるのが望ましい。

この道場でも居合と試し斬りには本身《ほんみ》、形稽古には木刀、そして掛かり稽古には竹刀をそれぞれ用い、安全を図る上で防具も取り入れられている。

今日も門人たちが順番に一人ずつ、師範代に稽古を付けてもらっていた。

「エイ！」

気合いも鋭く繰り出された一撃が、続けざまに小手と面を打つ。

迅速な、先の読めない打ち込みだった。

「ま、参りましたっ」

堪《たま》らずに竹刀を落とした門人が、サッとひざまずいて降参する。

厳密に言えば、まだ負けてはいない。

一本勝負であれば、今の小手面で雌雄は決する。

しかし稽古であれ試合であれ、丸腰にされたときには組み討ちに移行し、相手も素手になって応じるのが習いだからだ。

後の世の剣道では廃《すた》れた習慣も、徳川の世に在っては当たり前。

黒船来航から十年が経ち、欧米列強に牛耳られながら未だに弱腰なままの幕府に対する不満が募り、京の都では尊王攘夷の嵐が吹き荒れている昨今だけに、当節は江戸でも尚武《しょうぶ》の気風が強い。早々に降参してしまうのを潔しとせず、自ら組み討ちを挑んでくるぐらいのほうが元気でいい、とされる時代であった。

にも拘《かか》わらず、敗れた門人は組み討とうとはしない。

拾った竹刀を左腰に携えて礼を交わし、大人しく下がっていく。

師範代は順番待ちの列に目を向けた。

「次っ！」

面鉄《めんがね》越しに呼びかける声は、凜々《りり》しくも女人のもの。

佐野美織、二十三歳。

大川を渡ってすぐの本所に屋敷を構える、大身旗本の姫君でありながら夜叉姫《やしゃひめ》の異名を取り、道場の師範代に抜擢されるまでになった女剣客だ。

次の相手は竹刀も防具も真新しい、入門したての若い旗本。

面鉄の下から覗く頬は赤い。

まだ、少年と言っていい年頃である。

「さ、打って来なさい」

緊張を隠せぬ相手に美織は呼びかけた。

「遠慮は無用ぞ。思い切り参るがいい！」

「は、はいっ」

若い旗本は竹刀を振りかぶる。

「面、面、面、面、面！」

気合いを発しながら続けざまに振るう竹刀を、美織はすべて受け止めた。

単に打たれてやるばかりではない。

「刃筋《はすじ》がぶれておる！　右手勝《まさ》りではいかんぞ！」

打ち込む動きに合わせて後ろに下がりながら、面鉄越しに助言を与える。

「ほら、腰も引けておるぞ！」

若い旗本が最後の打ち込みをすると同時にすれ違ったとき、袴の腰板をぱしっと叩いて注意するのも忘れない。

もちろん暴力などではなく、優しく気合いを入れているのだ。

熟練した者を相手取るときは試合さながらに先《せん》を取り合うのが常だが、初心の者にはわざとこうして打ち込ませ、竹刀の角度を調えさせ、足も正しくさばいて正確に打ち込むことを覚えさせる。

ひとしきり繰り返すうちに、若い旗本の動きは目に見えて良くなった。

後は一人でおさらいして、少しずつ自分のものにすればいい。

美織自身も、そうやって基礎を身に付けてきたのだ。

「ありがとうございました！」

汗だくになった若い旗本がぺこりと頭を下げる。

「よし、次っ！」

礼を交わした美織は疲れも見せず、順番を待つ列に向かって呼びかける。

まことに熱心な指導ぶりだったが、こんな美織にも道場にまったく顔を出そうとしなかった時期がある。

その頃の美織は大好きな姉が嫁ぎ先で不幸な最期を遂げ、人としては最低ながら剣の腕は非凡な、義理の兄への意趣返しばかり考えていた。当時はまだ師範代の話は出ておらず、それどころか女の門人は歓迎されない風潮だったため美織は道場から遠ざかり、屋敷内に設けてもらった専用の稽古場で家中の侍たちに入れ替わり立ち代わり相手をさせて、己の腕を磨くことにのみ集中していた。

その頃の美しくも近寄りがたい、夜叉姫の異名に違《たが》わぬ殺気と迫力を常に発していた姿と比べれば、今の雰囲気は穏やかそのもの。

日頃から男の着物と袴をまとっているのは以前と同じでも、近頃は単に凜々しいばかりでなく、年頃の女人らしい色香がある。

剣の実力も、段違いに伸びていた。

この道場で美織に敵《かな》う者は、もはやいない。

竹刀を取っての立ち合いはもちろん組み討ちも、たくましい男たちが無礼を承知で挑んだところで即座に締め上げられ、まったく勝てはしなかった。師範代となるに至り、男女の違いを超えて羨望のまなざしを集めているのも当然だろう。

しかし当の美織は、何か物足りない気分を毎日抱えていた。

剣を学ぶことに嫌気が差したわけではない。

復讐の一念からも、すでに解き放たれていた。

卑劣な義兄とは自分の代わりに十兵衛が対決し、二度と大きな顔ができないように懲らしめてくれたので溜飲《りゅういん》は下がったし、あんな男を斬って手を汚すのは愚かなことだと、思いとどまって久しい。

あれからすぐに道場通いを再開し、力みを抜いた稽古と後進の指導に等しく励み直した甲斐あって、師範代にまで選ばれたのだ。

斯《か》くも満ち足りているはずなのに今ひとつ、張り合いが出ない。

原因は、自分でも分かっていた。

(野上喜平太《のがみきへいた》……あやつ、いつになったら私との勝負に応じるつもりか……)

その名を思い起こすたび、美織の機嫌は悪くなる。

喜平太は十兵衛と同じ加賀下村藩の出で、歳も同じく二十九歳。幼馴染みで剣友の十兵衛の上を行くほどの遣い手でありながら脱藩して刀を捨て、人足仕事で日銭を稼いで暮らしている。そして十兵衛と遥香、智音が下村藩からの刺客に襲われて危機に陥るたびに現れて手を貸す、頼もしい味方となっていた。

つまり、やっていることは美織と同じ。

ならば上手く付き合えそうなものだが、そうもいかない。

美織は昨年の末、ものの見事に喜平太に制されたことがある。

あれは師範代となってから、初めて経験した敗北だった。

一旦仲直りはしたものの、何とも悔しい限りである。

相手が敵ではないことは、もとより承知の上である。

これは剣客としての意地であった。

できることなら今すぐにでも立ち合って、雪辱を果たしたい。

しかし、喜平太はまったく道場に顔を見せようとしない。

道場ばかりか屋敷の場所まで教え、いつでも構わぬので訪ねて参れと伝えてあるにも拘わらず、年が明けても何の音沙汰もないままだった。

人を馬鹿にするにも程がある。

十兵衛の友とはいえ、腹立たしい限りであった。

故に稽古を付けている間は、努めて考えないように心がけていた。

逆に、あの顔を思い出したほうがいい折もある。

時たま道場に現れる、ふざけた輩を相手取ることになったときだ。

その日に美織の怒りを受けたのは、稽古終いの間際に乗り込んで来た攘夷浪士の一団だった。

「噂《うわさ》に高き夜叉姫どの、一手ご指南を願えませぬかな」

「ふん、女だてらに師範代とは大したものよ」

「見ればなかなかの美形のようだ。我らと立ち合《お》うて敗れたならば、攘夷の御用金をご融通願《ねご》うた上で、一献付き合ってもらうとするか」

「それはいい。床指南ならば俺に任せろ。はははははは」

口々にうそぶきながら、四人の浪士は稽古場にずかずか上がり込む。どう見ても日の本の行く末を本気で憂えているとは思えない、下卑た輩ばかりであった。

いきり立つ門人たちを抑え、美織は前に出た。

すでに面を外し、きりっとした顔を露《あら》わにしている。

問いかけたのは、ただ一言。

「お手前がた、打物《うちもの》は何をご所望か」

竹刀と答えればよかったのに、彼らが選んだのは木刀だった。

「安堵いたせ。きちんと寸止めにしてつかわす」

「そのきれいな顔を台無しにしてしもうてはなるまいぞ、ははははは」

下卑た笑いに眉ひとつ動かすことなく、美織は竹刀を木刀に持ち替える。

しばしの後、四人の身柄は門人たちの手によって、角の番所まで運ばれた。

「おや若様がた、また偽浪士どもですかい？」

「かねてより手配が回っておった連中だ。御城下を離れたこの界隈ならば目立たぬと高を括《くく》りおったのが、運の尽きよ」

「うちの師範代がお灸《きゅう》を据えてくださった故な、後はよろしく頼むぞ」

戸板に乗せられた四人はしたたかに打ち据えられ、気を失っていた。

ただでさえまずい顔は腫れ上がり、二目と見られぬ有り様になっている。

昨今の江戸では攘夷浪士を名乗る浪人が商家に押しかけ、御用金の調達と称して金品をせびり取る事件が後を絶たない。

本物ならば脱藩しても国許とつながりを保ち、しかるべき援助を受けているので強請《ゆす》りなど働くはずがなかった。

道場破りを試みた四人組も、そんな偽の浪士ども。

美織を所詮は女と侮り、一石二鳥で金をふんだくった上に狼藉《ろうぜき》まで働いてやろうと甘く見たのが災いし、御用にされたのだった。

二

「ありがとうございました！」

着替えを済ませた門人たちは、三々五々引き上げていく。

まずは総出で床を拭き、防具と竹刀もきちんと片付けた上のことである。

武芸の道場通いをしていれば、たとえ大身旗本の若君であっても礼儀作法は自ずと身に付く。お蚕ぐるみの乳母日傘《おんばひがさ》で何不自由なく育った身でも、入門すれば格下の御家人はもちろん、浪人の子弟や町人の倅であろうと平等で、作法を守ることはもちろん雑用も等しく課されることになるからだ。

身分や格式が物を言い、御大身の若様ならば下にも置かずもてはやされる、愚かな道場も中にはあるものの、美織が剣を学んだ環境は違う。旗本の姫君であっても特別扱いなどされることなく、それが当然と思って育った。

防具を片付けるのはもちろん、袴も自分で畳む。

師範代が男性ならば若い門人たちがこぞって手伝うところだが、うら若き女人とあっては遠慮も多い。

屋敷から女中を連れて来ればいいのだろうが、そんなことはしたくない。

男ばかりの中で過ごすのは美織にとって苦痛ではなく、むしろ女らしくするほうが逆に疲れる。愛しい十兵衛の前では努めてそうしているものの、実はしんどい。

そんな美織が野上喜平太のことを気にかけるのは、異性として興味があるからというわけではなかった。

腕自慢の自分を負かすほど強い喜平太と今一度、剣を交えて勝利したい。

一剣客として、そう願わずにはいられないのだ。

しかし、当の喜平太は微塵も美織に関心がない。

江戸詰めになって再会した旧友の十兵衛の無実を信じて助け、藩邸から追われた後は市中の片隅で、貧しくも気ままな暮らしを楽しんでいた。

「しばらくであったな、小野」

「おぬし、野上か!?」

「しーっ、声が大きいぞ」

笑福堂の勝手口から顔を覗かせ、喜平太は微笑んだ。

店の裏は長屋の路地とつながっており、出入りも自由。十兵衛に続いて横山外記に追われる身となった喜平太にとっては、表から来るより顔を出しやすい。

八つ刻を過ぎ、ちょうど客足は絶えたところだった。

今のうちにと遥香は智音を連れ、髪結床に出かけていた。

客に加えて二人もいないのを見計らった上で、喜平太は入って来たのだ。

「水臭いな、おぬし」

旧友を懐かしげに迎えながらも、十兵衛は愚痴らずにいられない。

「目と鼻の先に住んでおるなら、遠慮のう顔を見せてくれてもよかろうぞ」

「そうは参らぬよ。俺は隠し玉だからな」

喜平太は言った。

「俺が江戸屋敷より追放されし後も目を光らせ、御前さまと智音さまを狙《ねろ》うて差し向けられる刺客どもを返り討ちにしておることは、横山外記めにとって薄気味悪い限りのはずぞ。いざという折に備え、できるだけ会わぬに越したことはあるまい」

「そうであったな……すまぬ」

「勝手にやっておることだ。気にするには及ばぬよ」

喜平太は本郷の下村藩邸から追われた後、竪川《たてかわ》を渡った先の本所相生町《ほんじょあいおいちょう》の裏長屋に住み着いていた。

理由は自分で語った通り、遥香と智音を護るため。

十兵衛にとっては、誰より心強い味方であった。

それにしても、昼日中から現れるとは珍しい。

「小野、ちと水を振る舞《も》うてもらえぬか」

十兵衛に断りを入れ、喜平太は水甕《みずがめ》に歩み寄った。

置かれた柄杓《ひしゃく》を取り、蓋を開ける。

「おぬし、昼間は中洲の砂利《じゃり》拾いで稼いでおるのではなかったのか」

「ああ、あれは辞めたよ」

背中越しに答えながら、喜平太は甕から汲《く》んだ水をごくごく飲む。

ぼろ着の襟から覗いた首筋は汗まみれ。月代が伸びた頭も湿っていた。

桜が花開いた江戸は、日一日と暖かさを増している。日が暮れるとまだ冷え込むものの、日中は汗ばむほどの陽気であった。

「世の中には楽な仕事など有りはせぬな。実入りが良いほど身が持たぬ」

「成る程。あの野上喜平太も、もう若くはないということかな」

「ふっ、それはお互いさまぞ」

差し出された手ぬぐいを受け取り、喜平太は流れる汗を拭く。

「ついては小野、少々融通してもらえぬか」

「金子《きんす》か？」

「長屋の店賃が溜まってしもうて、どうにもならぬのだ。まことに面目ない」

「そういうことなら、もっと早《はよ》うに言うてくれ」

十兵衛は胸元を拡《ひろ》げ、腹掛けの丼《どんぶり》から巾着を引っ張り出した。

「野上、店賃はどれだけ溜めたのだ」

「三月《みつき》だ。加えて米味噌《みそ》のツケがひと月……」

「それだけか」

「う、うむ」

「違うな。他にもまとまった借りがあるのだろう？」

「な、なぜ分かるのだ」

「おぬしは隠し事をしておると、幼き頃より鼻の穴が膨らむのが常であった。俺がその癖を忘れたとでも思うたか」

「すまぬ」

喜平太は素直に謝った。

「実を申さば、角の煮売屋《にうりや》のツケも溜まっておるのだ。仕事帰りで疲れてどうにもならぬ折に、しばしば立ち寄っておったのでな……」

「成る程……ま、これだけあれば何とか足りるであろう」

十兵衛は板金《いたきん》と銭を目で数え、懐紙にくるんで差し出した。

「かたじけない」

喜平太は申し訳なさそうに頭を下げた。

「町場暮らしとは存外に金のかかるものだな、小野」

「俺も初めは戸惑うたよ。それに何であれ、国許より遥かに値が張る故な」

「まったくだ。それでいて、米はまずいときている」

「仕方あるまい。市中に出回る蔵米《くらまい》は古うなったものと相場が決まっておる故」

「加賀米が食いたいものだな」

「俺も思うところは同じぞ。できることなら、また国許で暮らしたい」

「まこと、江戸は楽ではないなぁ」

「うむ……」

二人は深々と溜め息を吐き合う。

心を許す友同士なればこそ出た、偽らざる本音であった。

十兵衛も喜平太も、共に武家の子として生まれ育った身。

銭勘定は不得手というよりも、浪々の身となるまでやったこと自体がない。

十兵衛の場合は菓子作りを通じ、頭で計算しながら材料を混ぜ合わせる癖が身に付いているのでまだ良かったが、剣の腕だけを買われて出世してきた喜平太は勘定することなどとは無縁の身。人足仕事で稼いでも上手くやり繰りできず、あるだけ遣ってしまいがちだったのだろう。

人生とは、分からぬものである。

横山外記の命に逆らわず、十兵衛ともども殺さぬまでも遥香と智音を生け捕りにしていれば、喜平太はさらに出世を遂げていただろう。

しかし、そんな汚い真似はできなかった。

一度は刺客に選ばれながらも横山外記に逆らい、旧友の十兵衛を助けたのは二人にとって最初の主君にして遥香の夫だった、前田慶三を敬愛していればこそ。故に想いを同じくする十兵衛を放っておけず、外記に反旗を翻したのだ。

その心意気は見上げたものだが武家暮らし、それも加賀の国許で過ごした時期が長かった身でありながら藩邸を追われ、しかも俗に阿呆《あほう》払いと呼ばれる、身ひとつでの追放刑にされてしまった喜平太は、今日まで苦労の連続だった。

覚悟の上のこととはいえ、なかなかキツい。

それが分かっていればこそ、十兵衛も融通してやらずにいられなかったのだ。

「まことにかたじけない。次からは倹約を心がけ、足が出ぬようにいたす故な」

「まず、無駄な費《つい》えは避けることだな。見栄《みえ》も張ってはなるまいぞ」

「ははは、その点は安堵いたせ」

微笑みながら喜平太は言った。

「男も三十過ぎれば諸々慎まねばならぬと、国許の道場の先輩がたから折に触れて言われておったではないか」

「うむ。格好を付けてはならぬと、よう説教されたな」

答える十兵衛は、懐かしくも気まずい面持ちだった。

偉そうなことを言っておいて、自分はまだ格好を付けている。

次の年が明ければ二人は揃って三十になる。武家の男子ならば疾うに身を固めて妻子を養い、一家を構えていてもおかしくはない歳である。

にも拘わらず、十兵衛は未だ独り身。

遥香と智音を護るためと言えば聞こえはいいが、いつまでもこのままというわけにもいくまい。

町人、それも商家の奉公人は四十を過ぎて独り身の者も珍しくないが、十兵衛と喜平太は違う。こうして市井で暮らしていても、元をただせば武士なのだ。

日頃は多忙にかまけて忘れてしまっているものの、武家の男子と生まれた本分を果たしていないのは、やはりまずい。

せめて、親のことは気に掛けるべきではないだろうか。

そんな想いが、十兵衛の口を衝《つ》いて出た。

「野上、国許のことを何か聞いておらぬか」

「ああ、おぬしの親兄弟ならば以前にも申した通り、皆ご息災のはずぞ」

「父も母も、兄上たちもか」

「安堵せい。変わりなく、御食事係の御用を承っておられるよ」

折あらば知らせようと思っていてくれたのか、答えは明瞭だった。

そんな喜平太の声が沈んだのは、遥香の話題となってから。

「御国御前、いや、遥香さまのご両親もお命に別状はないらしい。とは申せど相変わらず、押し込めの身のままであるそうだ……」

「左様か……やはり、いつまでも逃げ隠れしてはおられぬな。折を見て、速やかに決着《けり》を付けねばなるまいよ」

「もしや、遥香さまが国許に戻りたいと仰せになられたのか」

「うむ。近頃は口に出さぬが、年の瀬に一度、切実に……な」

「無理もあるまい。親孝行な娘御と評判であったからな」

「その評判が御上《おかみ》のお耳に届いたのが、思えば奥入りのきっかけだったな」

「おぬしとしては知られぬほうがよかったのではないか、小野？」

「馬鹿を申すな。さすが御上、お目が高いと思うただけぞ。おぬしも喜んでおったではないか」

「当たり前だろう。御上を敬《うやも》うてなどおらぬくせに、欲得ずくでお手付きになろうとしたがる牝狐《めぎつね》どもとは違《ちご》うて、遥香さまは実に出来たおなごだったからな。あの頃の御上はまことにお幸せそうで、俺もお側に仕えておって、毎日微笑ましい限りであったよ」

十兵衛に続いて、喜平太も懐かしげに目を細めた。

「国許か。願わくば帰りたいのう」

「野上……すまぬな」

「なーに、何も謝るには及ばぬよ」

謝る十兵衛を押しとどめ、喜平太は微笑んだ。

「俺は納得ずくでおぬしを助けたのだ。まことに御上を裏切っておったのならば生かしてはおけなんだが、すべては横山外記めの作り事だったのだからな……忠義を貫いた上のことなら、合力するのは当たり前だろう」

「かたじけない」

「時におぬし、何をこしらえておったのだ」

「ああ、味見をしてみるか」

笑顔で十兵衛が差し出したのは甘納豆。六年前の安政四年（一八五七）、日本橋に店を構える榮太樓《えいたろう》總本鋪《そうほんぽ》が『甘名納糖《あまななっとう》』として売り出したこの菓子は、金時大角豆《きんときささげ》を甘く煮詰めて砂糖をまぶし、乾燥させて仕上げる一品。

十兵衛は小豆、いんげん豆、そら豆、はな豆の四種を材料として用意し、色どりも豊かな試作品を完成させたばかりであった。

「ふむ……おっ、存外に柔らかいのだな。それでいて手にべたつかず、何とも食べやすい……うむ、うむ……」

喜平太はしばし夢中になって口に運ぶ。

黒に白、緑に茶。色とりどりの、それでいて派手すぎることのない、それぞれの豆の味と甘みが、疲れた体に心地良く染み渡る。

「これならば、誰もが喜ぶはずぞ」

「うむ、つくづく榮太樓には足を向けて寝られぬが……こういうものをこしらえてほしいと遥香から所望《しょもう》されて、な」

「おや、名前で呼ぶことにしたのか」

「あ、ああ」

「ふっ、深くは問うまいぞ」

にっと喜平太は微笑んだ。

「して遥香さまは何故に、このような菓子をおぬしに作らせたのだ？　例によって智音さまのご所望か」

「いや、こたびは違うのだ」

十兵衛は頭を振った。

「おぬしの知らぬ間に、あの子はだいぶ変わったぞ」

「まことか？」

「店を進んで手伝《つど》うてくれるようになり、つまみ食いは時折いたすが、あれはいたずらのようなもの。近頃は好き嫌いも申さぬ」

「ほほう」

喜平太は興味深げにつぶやいた。

「母に倣《なろ》うたか……それとも、小さいなりに感じるところがあったのかな……」

「しかとは俺にも分からぬ。ただ、誠が通じたとは思いたい」

「まぁ、良かったではないか」

「かたじけない」

「それはそれとして、ならばこの菓子は何のためにこしらえたのだ？」

「浪士組を存じておるか、野上」

「急に難しい話をするのだな、おぬし」

戸惑いながらも、喜平太は言った。

「かつて公儀の御目付を務められし鵜殿鳩翁《うどのきゅうおう》どのの肝煎《きもい》りでまとめられ、こたびの将軍の御上洛に先駆けて京に上りし隊のことであろう。束ね役の清河八郎は油断のならぬ男と専らの噂だが、まさか関わりがあるのか」

「大事ない。何も障りは無きことだ」

手を打ち振って、十兵衛は答える。

「その浪士組に、遥香の存じ寄りのお人が加わっておられてな。天然理心流は試衛館ご一門の土方歳三と申される御仁なのだが、剛直の士なれどこよなく甘味を好まれる故、何か送って差し上げたいと思うてな」

「成る程、そういうことか」

喜平太は安心した。

「たしかにこれならば日持ちがいたすし、申し分あるまいぞ」

「さもあろう、さもあろう」

十兵衛は嬉しげに続けた。

「加えて手も汚さず持ち運びやすく、それこそ立つ間も惜しい論議の場でも懐中に忍ばせておき、口に運んでもらえる故な。桊太楼には申し訳なき限りなれど、これに勝る贈り物はあるまいと判じ、真似をさせてもろうたという次第なのだ」

「それで急遽《きゅうきょ》こしらえ、飛脚に頼んだか」

「うむ。送り賃のほうが少々高く付いたがな」

「して、送り先は」

「洛西の壬生《みぶ》村《むら》だ。何しろ二百を超える大所帯なれば、どのみち分かれて宿を取るのであろうと思うてな……村の寺に宛てて、送らせてもろうた」

「それは良きことをいたしたな、小野」

喜平太はまた微笑んだ。

「江戸から京の都までの道中は二廻り（二週間）では利かぬが、飛脚ならば四日もあれば十分だ。疲れて見知らぬ地に辿《たど》り着き、存じ寄りの心づくしの甘味が待っていてくれたとなれば、その喜びは計り知れまい」

「左様に願いたきものだ。土方どのには、大層世話になった故な……」

つぶやく十兵衛は感無量。

遥香と智音は、まだ戻る様子がない。

客足も絶えたままで、暖簾越しに射し込む西日がちらちらと板敷きの床を照らすばかりであった。

「そろそろ退散いたすか。どうやら俺が居ると客が寄り付かぬらしい」

「そんな、貧乏神のような言い方をするでない」

「ははは、己で言うだけならば罰も当たらぬさ。また参るぞ」

明るく告げると、喜平太は踵を返す。

しかし、ねぐらに戻ることは叶《かな》わなかった。

「とうとう見付けたぞ、野上喜平太！」

勝手口を潜ったとたん、前に立ちはだかったのは美織。

凛々しい男装で路地に立ち、驚く喜平太を見下ろしている。

「美織どの……」

「久しぶりだな、十兵衛どの」

告げる口調に迷いはなかった。

三

喜平太が新大橋を渡り行く。

自分の足で歩いているわけではない。

「早うせい、うぬ！」

「何をぐずぐずしておるかっ」

美織に付いて来た、門人たちに引き立てられているのである。

喜平太に今一度立ち合わせるべく、美織は無理やり連れて来たのだ。

わざと大人しく従っているとは、彼女は気付いていない。散々逃げ回ったものの観念し、勝負を受け入れる気になったと見なしていた。

格下の門人たちは、さらに判断が甘かった。

「こやつ、大したことないな」

「ははははは、あっけなかったのう」

「まずご師範代には敵うまい」

「後から我らで揉んでやるか」

前後左右を固めていても、隙だらけである。

それでも喜平太は逆らわず、黙々と足を進めていた。

美織と門人たちのことを、別に馬鹿にはしていない。

ただ、こうは思っていた。

(かくなる上は仕方あるまい。早々に決着《けり》を付けて退散いたそう……)

しつこい勝負の誘いを断り続けたのも、単に億劫だったからだ。

今の喜平太には、武士の誇りなど有りはしなかった。

そうでなければ主家から追放された後、何を措《お》いても刀を手に入れている。

阿呆払いとは、まことに過酷な刑罰である。

着の身着のままで追い払うだけと言えば大した仕打ちではなさそうだが、大小の刀を奪われてしまうのは、武士であるのを否定されるに等しいことだ。

後から手に入れれば、格好だけは元に戻る。

しかし、ひとたび失われた誇りは容易には戻らない。

藩邸に忍び込んだ無二の友を助けた報いと思えば悔いなどなかったし、もちろん十兵衛のことを恨んでもいなかった。

されど、今の喜平太は、武士であって武士ではない。

刀を帯びるには値しないと、主家から烙印を押されたのである。

若い主君の前田正良《まさよし》から直々に告げられたわけではないにせよ、これは応える。

十兵衛の前では快活に振る舞いながらも、喜平太が抱える苦悩は深かった。

自分の都合ばかりでなく、美織のことも考えていた。

この女剣客は、たしかに強い。

憂いを抱かずに伸び伸びと励んだほうが、より向上する質と見受けられた。

しかも大身旗本の娘という、恵まれた立場でもある。

何も、自分との勝負にこだわることはあるまい。

こちらはみじめな阿呆払いの身。

恵まれた姫様と違って、今さら剣の道でもないのだ――。

親友の十兵衛でさえ与《あずか》り知らぬ喜平太の本音に、美織が気付くはずもない。

いよいよ念願の決着を付けられる運びとなった喜びに胸を弾ませ、新大橋を渡り行く一同の先に立って、ずんずん足を進めていた。

大川を越えれば、すぐ浜町河岸の道場に着く。

しかし稽古場に立たせ、木刀を握らせても喜平太は立ち合おうとはしなかった。

「夜叉姫どの、俺に二度と構うでない」

「うぬっ、この期に及んで何を申すか！」

「御免」

唖然《あぜん》とする美織にそれだけ言い置き、木刀も置いて背を向ける。

「おのれ、逃げおるかっ」

真っ先に跳びかかったのは、いつも美織に稽古を付けてもらっている若い旗本。

しかし、もとより敵うはずもない。

「うっ！」

「ぐわっ」

他の門人たちも軽くいなされ、ことごとく素手で打ち倒されてしまった。

美織は追うに追えなかった。

勝負に応じる気がない相手に、打ちかかるわけにはいかない。

そもそも、喜平太は丸腰なのだ。

それでいて強いから始末が悪い。

「おのれ……」

美織は悔しげに歯噛みする。

喜平太の尋常ではない強さに改めて驚かされながらも、やはり決着を付けることを諦め切れずにいた。


翌日の昼下がり、美織は改めて笑福堂を訪ねた。

「昨日はお騒がせいたしました。十兵衛どの」

以前の如く店先の床机に座り、頭を下げる。

「いや、お気になさるには及ばぬが……」

茶を供しながらも、十兵衛は言葉を濁さざるを得なかった。

喜平太に対し、これほどの遺恨を抱いているとは思わなかったのである。

当の喜平太とは、あれから昨日のうちに話をしていた。連れて行かれた道場から逃れ出るときもあくまで手心を加えるのを忘れず、美織はもとより道場の門人たちにも怪我は負わせていないとのことなので、ひとまず安心してはいる。

しかし、肝心の美織が諦めてくれなくてはどうにもなるまい。

こういうときには、新作の菓子で気分を鎮めてもらうのが一番だ。

「これをどうぞ」

「おや、これは榮太樓の……」

「ちと真似をさせていただきました。売り物にはいたしませぬが、ね」

甘納豆を差し出して、十兵衛は照れくさそうに微笑んだ。

「猿真似にはいたさず、色分けをしてみました」

「成る程、これは面白いな」

美織は興味深げに指を伸ばす。

四色の豆の味は優しく、目にも楽しい。

ひとつひとつが、口にする者への気遣いに満ちている。

思い起こせば、十兵衛の供してくれる菓子はいつもそうだった。

初めて口にしたのは、黒蜜入りのところてん。稽古疲れで甘味が欲しくても太るのが気になる美織のために、特別に用意してくれたものであった。

ところてんと同じく黒砂糖を溶かした生地を薄く焼いてくるくると巻いた、琉球菓子のチンビンを皮切りにその後もさまざまな品を楽しませてもらってきた。十兵衛が横浜の居留地で作り方を学んできた、西洋菓子の数々も忘れられない。

甘納豆をまたひとつ、美織は摘んで口に運ぶ。

優しい甘みを味わいながら、見上げる空は晴れ渡っている。

「ふぅ……」

智音が入れ換えてくれた茶をひと口啜り、美織は溜め息を吐いた。

早いもので、笑福堂の常連となって今年で二年。

美織は二つ歳を重ね、周囲の状況も変わりつつある。

以前であれば皆無だった、見合いの話がしばしば舞い込む。

女人としての美織に興味を抱き、嫁にと望む声が増えてきたのだ。

将軍付きの御側衆を代々務める、五千石の大身旗本の姫君ともなれば縁談が多いのも当たり前のことと思われがちだが、美織の場合には相手を選ぶ。

何しろ夜叉姫の異名を取った、凄腕の女剣客なのだ。

勇ましい身なりで市中をのし歩き、生意気な男たちを打ち倒して悦に入るばかりだった二年前は、見合い話など冷やかしにも有り得なかった。

それが今では引く手あまたといかないまでも、断りを入れるのに困る始末。

両親は喜ぶ半面、早々に話をまとめなくては時機を逸すると憂えてもいる。

武家と町家の別を問わず、十代で嫁に行くのが当たり前の時代である。

大奥勤めでもしていればともかく、二十歳を過ぎて独り身を通す美織の扱いには周囲の人々も困っていた。

気を揉ませるのは申し訳ない限りだが、どうにも気が進まない。

できることなら十兵衛と――。

そんな気持ちを押し殺し、今日まで美織は生きて来た。

両親に胸の内を打ち明け、懇願すれば実現するのも不可能ではないだろう。

されど、遥香と智音の存在は無視できない。

嫌な女とその子どもなら、何ら遠慮をするには及ばなかった。

実の夫婦には非ざるのだから勝手にさせてもらうと宣言し、恋しい殿御を横取りしてしまえばいい。

しかし美織は、遥香も智音も好きであった。

そもそも横から割り込んだところで、十兵衛の心は奪えまい。

ならば女の幸せなど、強いて求めずともよいのではないだろうか。

このまま剣の道を突き進み、生涯を清らかに過ごすべきなのではあるまいか――。

切なげに吐息を漏らすと、美織は最後の甘納豆を摘み上げた。

表面の砂糖を口の中でゆっくり溶かし、嚙み締める。

「ふっ、やはり十兵衛どのの甘味は心地いいな……」

微笑みながら食べ終えると、美織は立ち上がった。

「されば十兵衛どの、これにて失礼いたす」

「もうよろしいのですか？」

「おかげで目が覚め申した。今一度、修行に励み直すことにいたす」

「それは重畳《ちょうじょう》。何よりにござる」

十兵衛は笑顔で言った。

しかし、続く美織の言葉は意外なもの。

「改めて腕を磨いた上で、野上喜平太と雌雄を決するといたす。十兵衛どのに背中を押してもろうて、踏ん切りが付き申した」

「美織どの⁉」

「御免」

慌てる十兵衛に笑みを返すと、美織は去って行く。

甘味で気持ちをほぐすつもりが、闘志は燃え上がるばかりであった。


その日のうちに、十兵衛は喜平太と会った。

相生町の裏長屋でくすぶっているのかと思いきや、隣近所で聞き回ると、近くの河岸まで荷揚げ仕事に出ているという。

（成る程、松三の世話になることにしたのか）

喜平太は武士のこだわりを捨て、人足として続けて働くつもりになったのだ。

（あやつ、ようやく割り切れたか）

しばし足を止め、十兵衛は胸の内でつぶやく。
黙って見守る視線の先で、喜平太はこちらに気付かぬまま、黙々と働いていた。
以前に大川の中洲で砂利拾いをしていた頃とは、動きが違う。
人足仕事に、本気で徹しているのだ。
喜平太は、もとより怠け者とは違う。
体力も人一倍で、小柄ながら十兵衛より強い。
にも拘わらず今ひとつ、これまで仕事に熱が入っていなかった。
頭から咎《とが》められぬ程度に励み、日々の給金を頂戴できれば、それで十分。
そんな姿勢が見て取れたのだ。
しかし、今日の喜平太は違う。
持ち前の強さだけでなく負けん気も発揮し、荷を次々に運んでいる。
「あの新入り、なかなかやるな」
「俺らもぼやっとしちゃいられねぇぜ。ほい、もう一丁！」
竹吉と梅次ら他の人足衆も、釣られて励まずにはいられない。
新入りに先を越されては、古株の示しが付かないからだ。

「ふっ……」

活気溢れる河岸の様子を目の当たりにして、十兵衛は微笑んだ。

市井の暮らしに馴染むのに時がかかったのは、こちらも同じ。

店まで構えただけに、苦労も並大抵ではなかった。

当初は武家暮らしで習い覚えたことが災いし、何としてでも稼ぐ気でありながら儲けの伴わぬ日ばかり続き、思い悩まされたものであった。

そのうちに気付くところがあり、菓子の作り方についてもこうすればいいのだと理解して今に至っていたが、ここまで来るのは大変だった。

喜平太も、これからいろいろと苦労をするだろう。

それでも、割り切ることさえできたのならば大事はない。

友として日頃の助けに感謝をしつつ、励ましてやりたかった。

「さて……」

十兵衛は河岸に向かって歩き出す。

階段を降りて来るのに、まずは松三が気が付いた。

「おや笑福堂の旦那、どうしなすったんで？」

「そちらの新入りどのに急ぎの用があるのです。すみませぬが少々、話をさせてくだされ」

「仕方ねぇなぁ、ちょいとだけだぜ」

渋い顔をしながらも、松三は十兵衛を河岸に通してくれた。

「小野……」

こちらに気付いたとたん、喜平太は驚いて動きを止める。

十兵衛はすかさず駆け寄った。

取り落としそうになった荷を、サッと支える。

松三も抜かりなく、反対側から太い腕を伸ばしていた。

「おいおい、危ねぇだろ」

「す、すまぬ」

「早いとこ慣れてくんな」

しつこく叱り付けることなく、松三は歩き去った。

広い背中を見送ると、十兵衛は喜平太に向き直る。

「何をしておるのだ、おぬし」

「見れば分かるだろう。俺もようやく踏ん切りがついたのだ」

苦笑しながら、喜平太は続けて言った。

「阿呆払いにされたのは、刀など帯びずに居れと言われたに等しきことぞ。御上が直々に申されたのではないにせよ、受け入れねばなるまいよ」

「それでよいのか、野上……」

十兵衛は戸惑いを隠せずにいた。

喜平太が思わぬことを言い出したからである。

割り切ったのは間違いない。

だが、以前の喜平太とはまるで違う。

何も、武士の誇りまで捨てなくてもいいではないか。

刀を帯びていようといまいと、そんなことはどうでもいい。

まして、喜平太は十兵衛と共に剣を学び修めた身。

腕が立つのはもちろんのこと、精神面での修行も深かった。

武士である以前に、男として尊敬できる友だった。

そんな親友がどうしたことか、誇りを捨ててしまっている。

このままではいけない。

かくなる上は何としてでも、美織と本気で勝負をさせなくてはなるまい——。

「もうよかろう。忙しい故、帰ってくれ」

素っ気なく告げると、喜平太は荷を担ぎ直す。

十兵衛はその荷を奪い取った。

「何としたのだ、小野」

戸惑いながら、喜平太は後から付いて行く。

十兵衛が向かった先は、河岸に面した荷主の蔵。

どさりと荷を下ろし、十兵衛は向き直った。

「ちと話がある。頭《かしら》の許しは得ておる故な」

喜平太を促すと、十兵衛は蔵の裏手に連れて行く。

「何っ、夜叉姫どのはそんなことを言い出したのか⁉」

「左様、やる気満々ということだ」

驚く喜平太に、十兵衛は続けて言った。

「かくなる上は、勝負を受けて立つより他にあるまいぞ」

「ううむ、そう言われてもなぁ……」

「あちらが諦めぬとなれば、どうにもなるまい」

「成る程、おぬしの申す通りだな」

仕方なく、喜平太は本音を明かした。

「俺とて己のことばかり考えておるわけではないのだぞ、小野」

勝負に応じなかったのは、美織の立場を気遣えばこそ。

せっかく崇《あが》めている門人たちの前で恥を掻かせてはいけないと思って、自重した
というのだ。

「そうか……」

話を聞き終えた十兵衛は、懐に手を入れた。

「ひとつどうだ」

と、取り出したのは甘納豆。

そこに松三の野太い声が聞こえてきた。

「笑福堂の旦那、あんまり邪魔をしてもらっちゃ困るんだけどなぁ」

声を荒らげてこそいないが、機嫌が悪い。

こういうときは、袖の下を握らせるに限る。

「相すみませぬ。今少しだけ話をさせてくだされ」

松三に詫びると、十兵衛はこちらにも甘納豆の包みを差し出す。

「何だい、こりゃ」

「榮太樓の甘名納糖を見習《なろ》うて、ちとこしらえてみたものです」

「いいのかい?」

「これでしばし目をつぶってもらえますか」

「へっ、仕方あるめぇ」

松三は嬉々として背中を向けた。

遠ざかるのを待ち、十兵衛は喜平太に告げる。

「言葉も甘味も繕うばかりではいかんぞ、野上」

「どういうことだ、小野」

「砂糖をやたら上掛けするばかりでは、この味は出ぬ。豆が生まれながらに備え持つ甘みと交じり合《お》うてこそ、初めてこうなるのだ」

「されど、その豆が潰れてしもうたら何とする」

「ふっ。美織どのならば、そんなにやわにはできておらぬ」

微笑した後、十兵衛は顔を引き締めた。

「夜叉姫の異名は伊達《だて》ではない。本気を出さねば、おぬしとて危《あや》ういぞ」

「……おぬしがそこまで言うのなら、やってみるか」

と、喜平太は立ち上がった。

「手加減をいたさば無事では済まぬとなれば、全力で応じるしかあるまい。おかげで俺も目が覚めた……礼を申すぞ、小野」

「野上」

「まだ仕事が残っておるのでな、戻らせてもらう。おぬしも構わず帰ってくれ」

笑顔で告げて歩き出す背中に、もはや迷いはなかった。

四

その日を境に、喜平太は装いを改めた。

古着屋で着物と袴を購《あがな》い、刀も帯びることにした。

と言っても本身は手が届かぬため、大小共に竹光《たけみつ》である。

だらしなかった身なりを整え、武士らしく装うように心がけたのは美織と真面目に立ち合うため。

まずは形から改め、武士の誇りを取り戻さねばなるまい。

喜平太は武士である前に、人として間違っていた。

日々の糧を得るために働くのは当たり前。

武士とはかくあるべきではないかと思い悩んで何もせず、長屋の店賃や米味噌代を十兵衛に頼ってしまっては本末転倒。

反省した喜平太はその後も毎日欠かさず、松三の仕切る河岸に通っている。

働きぶりを気に入った松三に奢ってもらい、笑福堂の菓子も毎日食べていた。

(国許に居った頃とは違う味だが、これもまた良しだな……)

今日も甘い団子を頰張りながら、喜平太は思う。

十兵衛とて、すぐに笑福堂を人気の甘味屋にすることが叶ったわけではない。

ここまで来るのに大変な苦労があったのは、喜平太も耳にしている。

日本橋の名店である和泉屋を心ならずも敵に廻してしまい、一時は嫌がらせで店を閉めざるを得なくなって、横浜の居留地まで出稼ぎに行っていたという。

「まったく大したお人だぜ、なぁ」

微笑む松三を筆頭に、河岸の人足衆は笑福堂びいきであった。

初めは無理やり付き合わされていたという竹吉と梅次らも、今ではみんな進んで足を運び、みやげを包んでもらって家族にも食べさせている。

かつては上品なばかりの菓子しか作れなかったのに、今や老若男女の江戸っ子に等しく喜ばれる味を出せるようになったのだ。

(大したものだな、わが友は……)

奥の調理場で忙しく働く姿を見やり、日々感心せずにはいられぬ喜平太だった。

昔の自分に戻る上では、鍛錬することも欠かせない。

と言っても、稽古に取り組めるのは仕事を終えた後だ。

時が足りぬばかりではなく、体も疲れ切っている。

「ううむ、応えるなぁ……」

ぼやきながら喜平太は今宵も木刀を握り、繰り返し打ち振るう。

それは少年の頃、師匠から最初に課された鍛錬だった。

何であれ遠心力を最大限に発揮することが、打物を振るう上では欠かせない。

しかし肩に力が入っていては、どうにもなるまい。

その余計な力を抜くために、こうするのだ。

疲れることで力みを捨てる。

そうする役に立つと思えば、昼間の人足仕事も無駄になってはいない。

誰も居ない井戸端で、喜平太は黙々と木刀を振り続ける。

すべては初心に返るためである。

道場を訪ねたのは、それから半月後のことだった。


「う、うぬは……」

「師範代どのと立ち合いを所望いたす」

驚く門人に告げる口調に迷いはない。

決心を固めた喜平太は自ら足を運び、一本勝負を申し入れたのだ。

立ち合いに用いたのは木刀。

共に素面素小手で、汗止めに血止めを兼ねた鉢巻のみ締めている。

「ヤッ」

「エイ」

「トォー！」

裂帛《れっぱく》の気合いと共に振り下ろされた一撃は、美織の頭上でぴたりと止まる。

「参った……」

全力を出し切った美織は満足だった。

「やはり強いな、おぬし」

告げる態度には、悔しさなど有りはしない。

応じる喜平太も、汗まみれの顔に笑みを浮かべていた。

「さればもう一本、立ち合うか」

「構わぬのか？」

「難儀であれば、これまでにしておこう」

「ふん、そうはいくか！　勝ち逃げなど許さぬぞ！」

勇ましく言い返し、美織は木刀を構え直す。

「参るぞ」

「応」

答える喜平太の声は明るい。

今や屈託を抱くことも無く、溌剌《はつらつ》と木刀を握っていた。

こうして遠慮抜きで立ち合えるのも、相手が美織なればこそ。

美しい女剣客は、思った以上に強かった。

もちろん実力は、まだ喜平太の域にまで及んでいない。

強いと思えるのは、彼女の前向きな姿勢である。

美織が十兵衛に好意を寄せているのは、かねてより喜平太も承知の上。

むしろ恋慕の情と言うべき、狂おしいほど熱い想いであった。

美織がその気になれば、押し通すこともできるはずだ。

共に暮らしているものの、遥香と十兵衛は男女の仲には至っていないはず。元をただせば主従の間柄であり、喜平太にとっても前《さき》の御国御前という、気安く接することのできない存在だ。

遥香がその気にならぬ限り、十兵衛は誰と付き合おうと束縛されない。

美織にしてみれば、都合のいい状況と言えよう。

身分の上でも、釣り合いが取れていないというわけではなかった。

脱藩したものの、十兵衛は加賀百万石に連なる名家の御食事係を代々務める小野家の息子である。

大名の家臣は直参旗本に対して陪臣《ばいしん》と呼ばれるが、陪臣から直参の家に婿入りをするのは珍しいことではないし、岩井信義という大物の後ろ盾もある十兵衛ならば美織の父親とて嫌とは言えまい。

にも拘わらず、美織は熱い想いを胸の内に秘めたままでいる。

十兵衛を愛していればこそ、遥香と幸せになってほしいのだ。

なかなかできることではあるまい。

(まだ若いと申すに、いいおなごだな)

喜平太は思わず微笑んだ。

しかし、気を抜いてはいられない。

「ヤーッ」

気合いも鋭く、美織が打ちかかる。

応じて、喜平太は軽やかに体をさばいた。

打ち込みをかわしざま、力強く木刀を振るう。

カーン。

すかさず美織は受け止め、脇に流す。

つんのめることなく体勢を立て直し、喜平太は再びかかっていく。

「来いっ」

迎え撃つ美織は闘志も十分。共に潑剌とした面持ちだった。

「エイ！」

「ヤッ!!」

「トォー」

熱の入った立ち合いは、果てることなく打ち続く。

これを機に喜平太は道場の客分となり、門人たちに稽古を付ける手伝いを始めることになったという。

第三章　雷おこし

一

その日、十兵衛は遥香と智音を連れて朝から出かけた。

江戸に店を構えて三年目。珍しく商いを一日休んでの外出だった。深川元町の笑福堂を後にして、向かう先は浅草である。

誰よりも喜んでいたのは智音であった。

「わーい！」

ちょこちょこ先を駆けて行く、はしゃぎっぷりが愛らしい。

「まぁまぁ、そんなに急ぐと転びますよ」

注意しながらも、遥香は明るく微笑んでいる。

そんな母娘の姿を見守りながら、十兵衛も笑みを誘われずにはいられない。

「母上ー、早く早く！」

くるりと振り向き、智音は遥香を手招きする。

あどけない顔には満面の笑み。

江戸に居着いたばかりの頃にはまだ小さかった智音も、すっかり成長した。

顔立ちが幼く、性格も無邪気なところは相変わらずだが、母親譲りの芯の強さと真面目《まじめ》な気性は、しっかりと日々育まれている。

今日も店を閉めたばかりか手習い塾まで休んでいいと言われ、そんなことでよいのだろうかと戸惑いながらも、誘惑には勝てずに付いて来た。

しっかりしてきたようでいて、まだまだ子どもなのである。

「お祭りなんて久しぶり！　楽しみだね、母上」

「気持ちは分かりますが、浮かれてはぐれぬように気を付けるのですよ」

「はーい」

嬉々として答える智音は、祭りといえば秋の祭礼、それも最寄りの深川神明宮《ふかがわしんめいぐう》の例祭しか知らなかった。

地元の祭りにしか縁がないのは、十兵衛も同じこと。

と言っても引き出物のまんじゅう作りに追われ、松三ら土地の力自慢の男衆が大きな神輿《みこし》を担いで界隈を練り歩く一行に加えてもらうどころか、見物するのもままならぬのが常であった。

その点は遥香も同じで、昨年も店の手伝いにかかりきりだったものだ。

そんな三人が今年、初めて見物しに出かけるのは浅草寺《せんそうじ》の三社祭《さんじゃまつり》。後の世の慣例と異なり、決まって三月の半ばを過ぎた頃に二日がかりで催される祭礼は江戸三大祭りと呼ばれる山王《さんのう》祭、深川祭、神田祭には残念ながら及ばぬものの、いつも大いに賑《にぎ》わいを見せている。

商いは毎日励むのが基本だが、時には休むことも必要だ。

そのように十兵衛と遥香に勧め、誘ってきたのは岩井信義。今日は雷門前で落ち合って、祭り見物がてら昼餉を共にする約束になっていた。

「十兵衛どの、本日は堂上げで大層な人混みなのでありましょう？　ご隠居さまの御身に何事もなければよろしいのですが……」

「大事はござらぬ。まだまだご壮健なれば、案じるに及ばぬよ」

「そうですねぇ。ついこの間も私が焼いて差し上げたまんじゅうを、三つもお召し上がりになっておられましたし」

「ふふっ、さすがに三つ目は少々持て余しておられたが……な」

ともあれ、信義は元気潑剌な老人であった。

長きに亘《わた》って将軍の御側御用取次《おそばごようとりつぎ》を務め、隠居をして久しい今も幕閣のお歴々からの相談が絶えぬ信義は、未だ意気盛んな七十二歳。江戸における十兵衛の一番の理解者にして、笑福堂の上得意である。

信義は折に触れてまとまった注文を出してくれるだけではなく、将軍夫婦に贈る四季折々の献上菓子を、十兵衛と並んで贔屓《ひいき》にしている和泉屋の仁吉と共作させていた。今月に入って将軍の家茂公《いえしげ》が京に上って江戸を離れたため、大奥にて留守を預かる和宮《かずのみや》と天璋院《てんしょういん》のために御所風と薩摩《さつま》風の菓子を二人に用意させ、和宮はもとより気難しい天璋院まで、大いに喜ばせたものであった。

何事も、信義が将軍家から絶大な信頼を寄せられていればこそ成った話だ。

そんな大物でありながら智音に優しく、実の孫の如く可愛がってくれているのが十兵衛と遥香は有難くも微笑ましい。

「あー、ご隠居さまに早く会いたいなぁ」

遥香の周りをぴょんぴょん跳ねながら、智音が言った。

小さな子のような真似をしながらも、聞き分けはいい。

「くれぐれもご無礼があってはいけませんよ」

「はーい、母上」

逆らうことなく頷き返すや、またちょこちょこと走り出す。

少しもじっとしていられないのは、子どもなりに気分が高揚していればこそ。

久しぶりの外出に生き生きしているのは、遥香も同じであった。

「いい気持ちですねぇ」

額に手をかざし、気持ち良さげに仰ぎ見る。

大川堤の桜の青葉が、目に眩しい。

花見の時季が過ぎた江戸は、早くも初夏を思わせる陽気。

広い川面を渡って吹き寄せる風が心地良く、木々の葉がそよぐ音も涼を誘う。

吾妻橋《あづまばし》の袂《たもと》まで来たところで、三人は右手に曲がる。

幾らも歩かぬうちに、雷門が見えてきた。

「わぁ、どっちも大きいねぇ！」

風神雷神の像を交互に見上げて驚く様も、智音は可愛い。

はぐれぬように智音と手をつなぎ、そっと遥香は十兵衛に寄り添う。

子は母が護るもの。

そして母は女として、愛《いと》しい殿御に護ってもらうものである。

「人前でござるぞ」

照れながらも、十兵衛は幸せを実感せずにはいられない。

「十兵衛ー！」

と、耳に飛び込んできたのは聞き覚えのある胴間声。

信義の家来で警固役を兼ねている、石田甚平の声だった。

信義が雷門前に着いたのである。

辻《つじ》駕籠《かご》から降りてくるのを、いち早く見つけたのは智音。

「あっ、ご隠居さま！」

遥香の手を引き、駆け寄る顔は喜色満面。

片方の手では十兵衛のことまで引っ張り、先に立ってぐんぐん駆ける。

「おうおう、久しぶりだのう」

信義は気付いたとたん、たちまち皺《しわ》だらけの顔をほころばせる。

お忍びで屋敷を出て来た信義は刀を帯びず、脇差だけを帯前に差している。

身なりも派手なものではなく、地味な着物に袖無し羽織を重ね、裾を絞った軽衫《かるさん》を穿いて頭には宗匠頭巾を被った、絵に描いたような楽隠居の装いであった。

「よく参ったの、智音」

「はい、母上たちが連れて来てくださいました」

「それは良かったのう。よし、よし」

「へへっ」

頭に続いて頬まで撫でてもらい、智音は笑う。

屈託の無い笑顔を、遥香と十兵衛は感無量で見つめていた。

以前は遥香以外の大人をまったく受け付けず、撫でるどころか手をつなぐのさえ嫌がって、即座に振り払っていたとは思えなかった。

もちろん、智音とて誰彼構わず気を許しはしない。

十兵衛と周囲の大人たちを信頼し、少しずつ打ち解けるようになった今も、面識の無い相手には絶対に近付かない。人さらいに遭うのを防ぐため、遥香が日頃から厳しく躾《しつ》けていればこそだった。

二

「セイヤ、セイヤ」

「セイヤ、セイヤ」

力強い掛け声と共に、きらめく神輿が町から町へと渡り行く。

諸国から人が集まる江戸では、祭りの掛け声も一定ではない。

上方《かみがた》風の威勢のいい気合いの声に、智音はすっかり興奮していた。

「すごいねぇ、かっこいいねぇ」

「ははは。さもあろう、さもあろう」

興奮冷めやらぬ智音の手を引き、信義は上機嫌。

祭り見物と食事を終えた一行は、仲見世に立ち寄った。

沿道を埋め尽くしていた人々の多くが神輿に付いて行ったため、先程より空いている。買い物をするなら今のうちだ。

「そなたは初めて食べるのか、智音」

「うん」

「楽しみにしておれよ。じいがたんと買《こ》うてやるからな」

「うれしい！」

仲良く語り合う信義と智音のお目当ては、雷おこし。

その名の通りに雷門の周囲の露店で多く売られており、縁起のいい土産物としても喜ばれる、浅草名物のひとつである。

この菓子は女子どもばかりでなく、大人の男たちにも受けがいい。

「さぁ、いらっしゃい、いらっしゃい」

「家を興せば名も起きる！　うちのおこしを食べたら出世するよ！　お店者なら末は必ず暖簾分け！　ご浪人なら仕官が叶ってとんとん拍子に出世を重ね、殿さまになれるかもしれないよ！　さぁさぁさぁ、買った買った買った！」

大きく出た呼び声に、ふっと十兵衛は笑みを誘われる。

と、その笑顔が強張った。

目に留まったのは、店先に立つ一人の武士。

浪々の身ではなく、きちんと羽織袴を着けている。今し方まで被っていたらしい編笠《あみがさ》を取り、興味深げに雷おこしを見つめていた。

遥香もすぐに気付いたらしい。

「どうしたの、母上？」

「静かになさい！」

サッと智音を引き寄せるや、自身も袖で顔を隠す。

二人して最も見つかってはならない相手が、すぐ間近まで来ていたのだ。

訳が分からないのは信義だった。

「これそなたたち、何としたのだ？」

きょとんとしたのも、無理はあるまい。

お目当ての雷おこしを売っている露店のすぐ前まで来たところで、十兵衛たちが一斉に足を止めてしまったからだ。

「おう、ごめんよ」

「今すぐ買わねぇんなら後にしてくんな。こっちは急いでるんだからよぉ」

後から来た客が次々と、間に割り込む。

十兵衛たちにとっては幸いなことだった。

「すみませぬ、ご隠居」

声を低めて信義に告げつつ、十兵衛は遥香と智音の前に立つ。自身も懐から引っ張り出した手ぬぐいで頰被《ほおかむ》りをし、顔を隠すのを忘れない。

「ご隠居さま」

事情を察した甚平が、そっと信義を促す。

やむなく信義は露店の前から離れ、十兵衛たちの側に寄った。

目で礼を述べながらも、十兵衛は気が気ではなかった。

(御上……)

遥香と智音の盾となりながらも、目を凝らさずにいられない。

出くわしたのは見紛《みまが》うことなき加賀下村一万石の現藩主、前田正良。

かつて十兵衛が野上喜平太ともども仕えた、前田慶三の実の弟である。

正良は、当年とって二十四歳。智音の他に子に恵まれぬまま逝った兄の後を継いだ青年大名は、遥香が慶三を毒殺させた黒幕と疑って罪に問い、まだ幼かった智音ともども座敷牢に押し込めさせた張本人であった。この場で見付かれば、無事では済むまい。

それにしても、どうして江戸に居るのだろうか。

「もしや、あやつは……」

「左様。わが御上の弟君にござる」

信義に小声で問われ、十兵衛は小さく頷く。

青天の霹靂《へきれき》とは、こういうことを言うのだろう。

正良が江戸に居《お》り、しかもお忍びで祭り見物に興じているとは、思ってもみなかった。

まだ参勤交代で出府する時期ではないにも拘わらず、正良がこの場に居るということは何か公儀の職に就き、江戸城に勤めているからに違いなかった。

さらに十兵衛が驚かされたのは、甘味が大嫌いだったはずの正良が雷おこしを堪能していたことだった。

「ひとつもらうぞ」

正良は慣れた様子で財布を取り出し、銭と引き換えに受け取ったおこしをその場で口に運んだ。

「はむ、はむ……ふふっ、何とも甘いのう」

機嫌良くつぶやく声は間違いなく、正良本人のものであった。

声も表情も、一国の大名とは思えぬほどに微笑ましい。

「あやつ、美味そうに食しおるわ」

舌鼓を打つ姿を遠目にしながら、信義は思わず笑みを誘われていた。

菓子好きに、根っからの悪人はいない。そんな信念を持っているからだ。

しかし、十兵衛と遥香は笑えなかった。

先程から無言のまま、じっと身を固くするばかり。

無理もあるまい。

二人にとって正良は、善悪の域を超えた存在だからだ。

武家において、主従の間柄とは絶対のものである。

下村藩士の子である十兵衛と遥香から見れば正良は亡き主君の弟君にして、今や後を継いで堂々たる大名家の当主となった、何があっても逆らえぬ相手だった。

見付かれば二人はもちろん、智音も無事では済むまい。

わざわざ国許まで連れ戻されて裁かれるまでもなく、この場で手討ちにされたとしても文句は言えぬし、公儀も助けてはくれない。大名の家中で罪に問われた者の裁きは治外法権であり、幕閣のお歴々どころか将軍家にも顔の利く信義といえども手を出しかねることだからだ。

何としても、この場はやり過ごさねばなるまい。

信義はそっとしゃがんで、智音の耳元でささやいた。

「今少し辛抱いたせ。必ず買うてつかわす故な」

「はい」

健気《けなげ》に答えながらも、智音は緊張を隠せない。

母の震えが伝わってきていたのだ。

まずは遥香に落ち着いてもらわねばなるまい。

十兵衛はそっと身を寄せ、遥香の手を取った。

「……十兵衛どの……」

「……大事はござらぬ。気をしっかり持つのだ……」

声を低めて語りかけながらも、十兵衛は奇妙な喜びを覚えていた。

遥香との距離が、図らずも一層縮まったことにではない。

あれほど甘味嫌いだった正良が嬉々として、江戸の銘菓を味わっている様を目の当たりにして、感慨深い想いを抱いていたのだ。

十兵衛の知る正良は、大の甘味好きが災いして命を落とした兄の最期を踏まえて激しく警戒し、菓子と名の付くものに決して手を触れようとしなかった。

慶三の亡き後、どれほど工夫を凝らした菓子を献上しようとまったく相手にしてもらえなかった十兵衛にしてみれば、感無量だった。

時を経て変わったのは、十兵衛たちだけではない。

若きあるじの心の内にも、何らかの変化があったのだ。

しかし、喜んでばかりもいられなかった。

ただ身を潜めているだけでは、いつまで経っても埒《らち》が明かないからだ。

遥香と智音が罪に問われ、追われる身となったのは正良の誤解が原因。

その誤解を解かぬ限り、この母娘は無実の罪を着せられたまま生き続けなくてはならない。

これは災い転じて福と為す、絶好の折ではないだろうか――。

「石田さま、この二人を送ってはいただけぬか」

「任せておけ」

甚平は二つ返事で請け合ってくれた。

「よろしゅうございますか、殿」

「むろんぞ」

甚平に許しを与えたのに続き、信義が小声で問うてくる。

「参るのか、小野」

「は」

「今さら儂《わし》が申すまでもなかろうが、迂闊《うかつ》な真似をしてはいかんぞ。急いては事を仕損じるの譬《たと》えもあるからの」

「しかと心得ました。肝に銘じておきまする」

一礼すると、十兵衛は遥香と智音に向き直った。

「石田さまとご一緒に、お気を付けてお帰りくだされ」

「は、はい」

震えながら答える遥香に続き、智音もこっくり頷いた。

事情は分からぬまでも、十兵衛のただならぬ表情から何かを感じ取ったらしい。

「お気を付けて」

一同に向かって言葉少なに告げると、十兵衛は歩き出す。

ちょうど正良は雷おこしを食べ終え、満足そうに踵を返したところだった。

三

正良はそのまま徒歩で吾妻橋を渡り、対岸に出た。

本郷の藩邸に戻るのならば、上野に向かうはずであった。

辻駕籠か猪牙《ちょき》でも雇うのかと思いきや、駕籠屋にも船宿にも立ち寄らない。

ということは、徒歩でしばし散策を楽しむつもりなのだ。

(相も変わらず、ご健脚であらせられるのだな……)

闊達《かったつ》に歩を進める様を目の当たりにして、後に続く十兵衛は微笑んだ。

正良は藩主の座を継ぐ以前、部屋住みの頃から散歩好きで、御陣屋を抜け出しては町を歩き回るのが常であった。

亡き兄の慶三が遠出しか好まず、お付きの小姓だった喜平太に御菓子係の十兵衛まで付き合わせ、しばしば馬で遠乗りに出かけていたのとは真逆と言えよう。

下村藩の前田家は、もとより城など持たぬ御陣屋大名だ。

加賀前田家の一族で先祖はかの前田慶次とはいえ、太平の世ではわずかな領地の上がりで暮らす、小領主にすぎない。

斯《か》くも地味な暮らしに正良は何の不満も漏らさず、思いがけず命を落とした兄の後を継いで藩主となってても分不相応な野心など抱くことなく、家臣と領民を大事にしながら家名を絶やさぬことを、常に心がけているという。

そんな正良も一度だけ、出世を狙って動いたことがある。

働きかけた相手は、現職の御側御用取次だった頃の岩井信義。

甘味好きで知られる信義に太鼓判を捺してもらえる、自分の出世に役立つ一品を作れと十兵衛に命じたのである。

まだ若かった十兵衛が大いに張り切り、腕を振るったのは言うまでもない。

しかし、結果は惨敗だった。

信義の屋敷を訪れた正良が自信満々で勧めた菓子を、信義は味わうどころか碌に見ようともしなかったのだ。

あれは主君のための菓子作りを手がける身にとって、二重の屈辱であった。

仮に味が話にならずとも、見た目さえ良ければ評価はされる。

しかし、十兵衛の菓子は違った。

外見も中身もまずいと判じられ、あるじの出世を後押しするどころか、取り返しの付かない恥を搔かせてしまったのだ。

あの折のことを思い出すと、十兵衛はいたたまれない。

その頃の信義は歯痛が酷く、固い菓子を供したことがいけなかったという。

十兵衛にとっては、悔いが残る話であった。

国許にとどまって献上するための品だけをこしらえたのならばともかく、正良が信義に会ったときには、十兵衛も江戸に居た。

今の十兵衛ならば入念に下調べをし、信義が虫歯を患っていることも早々に突き止めて、何か柔らかい菓子に差し替えていただろう。

だが、当時の十兵衛はまだ若く、物事の判断も未熟であった。

腕を振るった菓子に絶対の自信を持ち、将軍の側近といえども必ず賞賛されるに違いないと、甘く見ていたのだ。

そんな慢心を砕かれたのも、今となっては善きことだった。

まかり間違って信義からお褒めに与ったとしても後は続かず、また別の折に取り返しのつかないしくじりをして、正良に見限られていたに違いない。

そう思えば、正良を憎む気にはなれない。

たとえ自分を遠ざけ、遥香と智音を座敷牢に閉じ込めた張本人であっても——。

「む？」

尾行中、十兵衛はおもむろに立ち止まる。

正良を物陰から見張る、怪しい武士たちが現れたのだ。

お忍びで外出した主君を護るための陰供《かげとも》にしては、目つきがおかしい。

しかも全員が昼日中から覆面を着け、顔を隠しているではないか。

（こやつら、刺客か）

そうとしか考えられなかった。

折しも正良は大川に面して武家屋敷が続く一帯を抜け、横十間川《よこじっけんかわ》に沿ってそぞろ歩いていた。

人通りは絶え、押し包んで斬るのには絶好の折。

見過ごすわけにはいかなかった。

「待て」

告げると同時に、だっと駆け寄る。

十兵衛が正良を後ろ手に庇《かば》うのと、手に手に刀を抜き連ねた武士たちが躍り出たのは、まったくの同時であった。

「何の料簡だ、素町人《すちようにん》！」

「邪魔立ていたさば容赦はせぬぞ！」

口々に罵りながら、武士たちは刀を構える。

いずれも隙のない身ごなしで、さすがは刺客に選ばれるだけのことはあった。

手加減をすれば、こちらが危ない。

「お殿さま」

「な、何じゃ」

「ご無礼を承知でお願い申し上げますが、暫時《ざんじ》お刀を拝借いたしとう存じます」

「脇差ならば構わぬぞ」

「心得ました」

「されば、好きに使え」

そう告げると正良は鞘のまま、十兵衛に脇差を取らせる。

そして自身は鯉口を切り、すらりと刀の鞘を払った。

すでに編笠は脱ぎ捨てて、視界を確保することも忘れていない。

何よりも、大した度胸である。

さすがは小大名ながら加賀百万石に連なる、名家の当主と言えよう。

頬被りをした見ず知らずの男に護ってもらうのを潔しとせず、自ら刀を手にして、群がる敵に立ち向かう姿勢を示したのだ。

この心意気、汲まぬわけにはいくまい。

「参りますぞ、お殿さま」

「応」

頷き合うや、二人は同時に飛び出した。

先に攻めたのは、鞘に納めたままの脇差を手にした十兵衛。

「ヤッ」

気合いも鋭く、向かってきた敵の右腕を打ち叩く。

「うわっ」

堪らず取り落とした刀を拾って奪い、脇差は鞘に納めたままで帯前に差す。畏れ多くも主君の脇差を、血脂まみれにしてしまうには忍びないからだ。

改めて刀を構えた十兵衛は、居並ぶ敵を睥睨《へいげい》する。

「こ、こやつ、強いぞ」

「うぬっ、町人ではないのか」

動揺を示しながらも、刺客たちは腰まで引けてはいなかった。

「おのれ！」

怒号を上げて、一人が斬りかかってくる。

十兵衛に劣らず背の高い、がっちりした男だった。

力強い斬り付けのようでいて、切っ先の描く弧は小さかった。

理由は一目瞭然である。

なまじ腕力があるため慢心し、力任せに振るっているからだ。

その甘さを気の毒に思いつつ、十兵衛は斬り付けを受け流す。

キーン。

軽やかな金属音と共に、十兵衛の手にした刀が反転した。

そのまま勢いを乗せて袈裟《けさ》に斬り付け、裂いたのは敵の右腕。

浅手であっても、敵にとっては甚大な被害だった。

刀を振り抜くときに軸となるのは左腕だが、手にした刀を取り落とさないように支えるのはあくまで右腕。鞘から抜き差しするときにも、もちろん必要である。

その右腕を切り裂かれては、戦おうにも戦えない。

この男のように手の内の錬《ね》りが甘い、力任せの輩にとっては尚のことだ。

「なかなかやるな、あやつ」

十兵衛の戦いぶりを横目に、正良は微笑んだ。

こちらも相手の命まで奪うことなく、浅手を与えるのみにとどめている。

十兵衛と同様に、好んで人を斬りたくはないのだ。

「エイッ」

気合いと共に繰り出す重たい一撃で、正良は敵の刀を叩き落とす。

素手になったところに浴びせたのは、鮮やかな足払い。

「うわっ」

仰向《あおむ》けに引っくり返された刺客は、刀を拾うどころではなかった。

「ひ、退けっ」

一隊を率いていた頭目《とうもく》が、堪らずに下知《げち》した。

加勢に入った十兵衛はもとより正良も、ここまで刀を使いこなせるとは見なしていなかったのだ。

「追うには及ばぬぞ」

駆け出そうとした十兵衛に、さらりと正良は告げていた。

「察するに、あやつらはわが家中の士……正体を暴かば罪に問わねばならぬ」

「そうなさるべきではありませぬのか、お殿さま?」

「武家にはいろいろと建て前があるのだ。それに悪心《あくしん》を抱いたのは、ほんの一時《いっとき》のことに違いあるまい」

「はぁ」

「ともあれ礼を申す。ああ、その脇差は取っておくがいい」

「よ、よろしいのですか」

「好きに使えと申したであろう。褒美の代わりじゃ」

それだけ告げると、正良は再び歩き出す。

早々に刀の血を拭い、左腰の鞘に納めていた。

顔を隠して立ち向かい、授かった脇差で刺客どもを撃退してくれたのが、かつて兄に仕えていた御菓子係とは、気付いてもいない。

むろん、こちらから正体を明かすわけにはいかなかった。

（御上……）

今は黙って立ち去るより他になく、何とも決まりが悪い十兵衛であった。

四

悩んでいたのは、十兵衛だけではなかった。

笑福堂に戻ってみると、智音がむくれていたのである。

「智音さま？」

一目見るなり、十兵衛は戸惑った。

店先の床机に一人きりで腰掛けて、丸い頰を膨らませている。

無事に帰っていたのは何よりだが、様子がおかしい。

ともあれ、話を聞いてみることだ。

「何となされたのですか、智音さま」

十兵衛が敬称で呼びかけたのは、辺りに人が居ないのを確かめた上のこと。

今日は店を開けていないので、客は誰も来ていない。

その場に一人でも居合わせれば、もちろん呼び捨てにするつもりであった。

「ただいま無事に戻りました。心ならずもお側を離れてしもうて、まことに申し訳ありませぬ」

「…………」

詫びてもらっていながら、智音は十兵衛と目を合わせようともしなかった。

黙って下を向き、足をぶらぶらさせている。

かなり怒っているらしかった。

ともあれ、誠意を示さねばなるまい。

「申し訳ありませぬ」

人目が無いのを確かめた上で、十兵衛は深々と頭を下げた。

それでも智音は返事をしない。

十兵衛から目を背けたまま、床机から飛び降りて走り出す。

駆け込んだ先は裏の路地。

店の勝手口とつながっているので、とりあえず危険は無い場所だったが、一体何としたことか。

「智音さま……」

十兵衛は訳が分からずに立ち尽くす。

「相すみませぬ、十兵衛どの」

その背中に、遥香が申し訳なさそうに呼びかけた。

「先程からずっとあの調子で、口も利いてくれぬのです」

閉めた表戸の隙間から、遥香は二人の様子を窺っていたのだ。

傍らには甚平が立ち、いかつい顔を心配そうに歪めている。

一人だけ平然と構えていたのは、奥に座った信義のみ。作り置きの焼きまんじゅうをぺろりと二つ平らげ、早くも三つめに取りかかっていた。

十兵衛は店の中に入り、まずは深々と頭を下げた。

「先程はご無礼をつかまつり、まことに申し訳ありませせぬ」

「なーに。苦しゅうない、苦しゅうない……」

まんじゅうをひと口かじり、信義は笑う。好物の甘味を堪能しながらも、差し歯が外れぬように噛む強さを加減するのは忘れていない。

「ほれ、おぬしも座って相伴いたせ」

「されど、智音さまが……」

「なに、そこまで案じるには及ぶまいぞ」

「はぁ」

「大事ない、大事ない」

不安を隠せぬ十兵衛を前に座らせ、信義は茶碗に手を伸ばした。

ほんのり立ち上る湯気も香《かぐわ》しい煎茶は、つい今し方、智音が入れ換えたばかりであるという。そうやって甲斐甲斐しく働いていたものの、いつまで待っても十兵衛が戻らぬために、むくれ始めたとのことであった。

「されば、やはり智音さまはそれがしを」

「うむ、面白く思ってはおるまいな」

「やはりお詫びいたさねばなりますまい」

「まぁ、待て」

立ち上がろうとするのを制して、信義は言った。

「先程から心得違いをしておるようだが、あの子は怒っておるのではない。おぬしにただ甘えたいだけぞ」

「まことですか、ご隠居さま？」

遥香が話に入って来た。

智音がむくれてしまった原因が分からず、迷っていたのはこちらも同じ。

「ふん、二人揃うて鈍いのう……」

薄く笑って信義は茶を啜る。

嫌みを垂れながらも、十兵衛と遥香を見やる目は優しい。

「さて小野、何とかしなくてはなるまいのう」

「もとより、そのつもりにございまする」

「されば、その腕を惜しみのう振るうことだ」

「腕を……でございまするか」

「左様。あの子の目当ての菓子を、存分にこしらえてやれ」

「それは構いませぬが、智音さまは何をご所望なのでありましょう」

「分からぬのか、雷おこしぞ」

「雷おこし……？」

十兵衛は戸惑った声を上げる。

自分が居なくなった後、信義が買い与えてくれたのではなかったのか。

何も懐を当てにしたわけではないが、成り行きでそういうことになったとばかり思っていた。

だが、実のところは違うらしい。

「もちろん儂は買うてやろうとしたよ」

十兵衛の胸の内を読み、信義は言った。

「ところが何を思うたのか、もう要らないの一点張りで、どうしても店に近付こうとせぬ。やむなく諦め、戻って参った次第なのだ」

「左様でございましたのか。まことに申し訳ありませぬ」

十兵衛は姿勢を正し、深々と頭を下げる。

しかし、詫びを入れただけでは収まらなかった。

信義は続けて問うてくる。

「おぬし、何故に智音が要らぬと申したと思うか」

「……ご隠居に対し奉り、子どもながらにご遠慮つかまつったのかと」

「やれやれ。勘働きが鋭いのか鈍いのか、分からぬ奴よ」

苦笑しながら、信義は残りの焼きまんじゅうを口に運んだ。

満足そうに噛み締め、飲み込むと再び問いかける。

「そも、おぬしは智音を常日頃より、何と心得居るのか」

「それはもちろん、前の御上の遺されし、大事な姫君にございまする」

「ふん、それだけか？」

信義はじろりと見返した。

老いても鋭い眼光は、御側御用取次として将軍の側近くに長年仕え、たとえ相手が老中や若年寄であろうと悪心を抱いていれば近付けまいと気を張ってきた、御用一筋の歳月の中で、自ずと培われたものである。

　武芸の修行こそ積んではいないが、心の真剣勝負と言うべき修羅場は若い頃から数え切れぬほど潜り抜けている。己自身のためではなく、人のために力を尽くしてきたからこそ、強いのだ。

「疾《と》く答えよ、小野」

「う、ううっ……」

　老練の士の眼光に、十兵衛は耐え切れなかった。

「たわけ」

　がっくりとうつむいたのを、信義は続けて叱り付ける。

　だが、それはただの罵倒ではなかった。

「しっかりせい。おぬし、このざまでは智音の父親代わりなど全うできぬぞ」

「は？」

「あの子はただ甘えたいだけだと、あらかじめ申したであろう」

　驚く十兵衛に、信義は静かに説き聞かせた。

「智音は実に利発な子だ。慎み深く、同時に用心深くもある故、誰彼構わず愛想を振り撒いたりは決していたさぬ。それほどしっかりした子が、おぬしにだけは気を許しておる……大事にいたさねばなるまいよ」

「仰せの通りにございます」

「ならば今少し、気持ちを汲んでやるがいい。智音は楽しみにしておった、おぬしとの外出を台無しにされたのだぞ」

「さ、されどそれは御上が」

「もとより理由は分かっておる。おぬしが駆け付けねば危うかったのだろう」

「ははっ。御上直々の御働きもあり、事なきを得ました」

「それはそれで、よくやったと褒めてとらそう。されどな小野。幼子には幼子なりの気持ちというものがあるのだ。故あって構《かも》うてやれぬからと言うて、大人の都合で放り出していいはずがなかろう。違うかな」

「…………」

「大儀であろうが、智音の相手をしてやることもおぬしが亡き主君より受け継ぎし大事な責ぞ。あの子に寂しい想いをさせてはならぬ」

「心得ました、ご隠居」

「早う迎えに行ってやれ。きっと待っておるはずぞ」

「ははっ。かたじけのう存じまする」

十兵衛は一礼すると、勇んで立ち上がった。

店の奥に駆け込んで行く、足の運びは軽やかそのもの。

勝手口の戸を開けると、そこは裏の路地である。

智音は戸口の脇にしゃがみ、地面に落書きをしていた。

拾った木切れでがりがり描いていたのは、固めた粒も大きな雷おこし。

意外と達者な筆致に、十兵衛は思わず笑みを誘われる。

この子のために、二つとない雷おこしをこしらえてやりたいものだ――。

「任せておけ、智音」

呼び捨てにしたのは、路地の井戸端で長屋のおかみ連中が世間話に花を咲かせていたからだった。

そろそろ日が暮れ、亭主たちも仕事先から戻って来る。

こういうときには無礼を承知で、敬称を抜きにしなければならない。

以前は呼ばれるたびにムッとしていた智音だが、もはや怒りはしなかった。

「こしらえてくれるの？」

「もちろんぞ。約束しようぞ」

期待を込めて見上げる視線を受け止め、十兵衛は請け合った。

「やったー！」

智音は笑顔で立ち上がった。

たちまち機嫌が直ったらしく、十兵衛にまとわりついてくる。

「きっとだよ、ねぇ」

「ふっ、任せておけと申しただろう」

甘えかかる智音の頭を撫でてやり、十兵衛も微笑む。

信義の厳しくも心のこもった励ましに、心から謝していた。

五

その夜、横山外記は激怒した。

主君の暗殺が不首尾に終わったことを、夜も更けてから知らされたのだ。

「仕損じただと!?」

「め、面目次第もございませぬ」

「ええい、黙り居れっ」

報告に及んだ刺客頭を、外記は怒りに任せて蹴り付ける。

「して何故にまた、この時分まで知らせに参らなんだのか！」

「ご、ご家老がお役目にかかりきりであらせられました故……」

「む、それはそうだが」

外記はバツが悪そうに黙り込んだ。

この春から主君の前田正良は陸軍奉行並《ぶぎようなみ》に任じられ、幕府の軍勢を統率する一人となっていた。

その正良の重臣という立場上、江戸家老の外記も、本郷の藩邸でふんぞり返ってばかりはいられない。あれこれ急に忙しくなり、今日も藩邸に戻ったのは、とっくに日が暮れた後だった。

暗殺の失敗を外記が知らされたのは、下村藩邸の敷地内にある役宅。

同じ単身赴任用の官舎でも、下級の藩士が暮らす御長屋と違って、小さいながらも一戸建てである。周囲は抱えの足軽たちに見張らせているため、やり取りを盗み聞かれる恐れはなかった。

「……そのほうら、よもや何者なのか勘付かれてはおるまいな」

「そ、それはご懸念には及びませぬ」

「さて、どうであろうな」

言葉に詰まりながら答えた刺客頭に、外記は疑わしげに視線を返す。

「そのほうら、誰も命を落としておらぬそうだの」

「はい、おかげさまで」

「たわけ！　それが勘付かれたことの何よりの証《あか》しであろうが」

外記は声を荒らげた。

「御上、いや前田正良は慈悲深い男だ。そのほうらが刺客と知りながらも命までは奪うことなく、その場にて正体も暴かずに退散させたは、腐っても臣下と見なしていればこそじゃ」

「何と……」

「そのほう、正良に感じ入ったな？」

「い、いいえ」

「もうよいわ、役立たずめ」

外記は忌々しげに手を振った。

「うぬら一党は用済みだ。早々に国許に帰ってしまえ」

「そ、それではお約束が違いまする」

刺客頭が堪らずに声を上げた。

「こたびのお役目を引き受けたらば、藩士に取り立ててくださると……」

「何じゃ、新式銃の試し撃ちの的にでもなりたいのか」

「い、いえ」

「ならば国許にて野良《のら》仕事に励んでおれ。役立たずの郷士どもめが」

それ以上は有無を言わせず、外記は刺客頭を座敷から追い出した。

こたびの襲撃を命じたのは、半士半農の郷士たち。

正式な藩士ではないため、格上げしてやるのを餌に釣ったのだ。

しかし、事は上手くは運ばなかった。

腕に覚えがある者ばかりを選《え》りすぐったはずなのに、いざ差し向けてみれば物の役にも立たない。

思わぬ邪魔が入ったとはいえ、手練ながら達人とまでは呼べぬ域の正良を討てずに逃げ帰って来るとは、情けない限りであった。

「ううむ、困ったものだのう」

さすがに手駒が足りなくなってきたことを、外記は実感せざるを得なかった。

敗因は自分でも分かっている。

主君を亡き者にしろと命じたところで、何食わぬ顔で実行に移せる者など滅多に居るものではない。どうしても二の足を踏み、全力では斬りかかれまい。

こたびの郷士たちも、斬り合う前から敗れていたと見なすべきだろう。

「どいつもこいつも思い切りが悪い……」

ぼやく外記自身は、主殺しを何とも思っていなかった。

すでに先代の藩主だった前田慶三を、毒薬を用いて死なせている。

手を下したのは金で抱き込んだ奥女中だったが、毒を調達したのも、それを女中に託したのも、すべて自分でやったこと。

必要となれば毒を盛るどころか、刺すのも斬るのも厭《いと》いはしまい。

だが、外記こそ剣の達人でも何でもない。

今年で還暦を迎えた、小柄で悪知恵しか能の無い男であった。

自身が非力である以上、どうしても他人の手を借りなくてはならない。

「致し方あるまい。ここは金の力で何とかいたすか」

人払いをさせた座敷で一人、外記は不気味につぶやく。

「くっくっくっ……今に見ておれよ、若造めが……」

正良のことを言っているのである。

行状ばかりか口の利き方まで、許しがたい逆臣ぶりだ。

だが、当人に悪事を働いている意識など有りはしない。

すべては御家のためになる。

そう思い込むことで、己を正当化しているのであった。

そんな邪心の固まりである外記だが、表向きの振る舞いは好々爺《こうこうや》そのものだ。

金や出世を餌に手の内に取り込んだ者たちには手厳しいが、屋敷内で働く人々と接する態度は老若男女の別を問わず穏やかで、思いやりに満ちている。

不作法な真似をしても、滅多に咎めはしない。

息を切らして駆け込んできた若い藩士に対しても、声を荒らげはしなかった。

「ご、ご……ご家老さまっ……」

「何事かな」

見れば、正良付きの小姓の一人であった。

「まぁ、落ち着くがいい。急くには及ばぬ故な」

微笑を浮かべて迎え入れ、座らせてしばし待つ。

作法通り、目下の者が相手であっても脇息を外し、後ろに廻すのを忘れない。

むろん、胸の内では口汚く毒づいていた。

(けつの青い若造め、夜分に無礼な真似をしおって。主従揃うて気に食わぬわ)

そんな本音をおくびにも出すことなく、外記は柔和な笑みを絶やさずにいる。

程なく、小姓は息を整えた。

「失礼をつかまつりました」

「よい、よい。して何用じゃ」

「御上がお呼びにございまする」

「何？　この夜更けにか」

「火急の御用にござれば早々に連れ参れとの仰せにござる」

「うぬ、それを先に申さぬかっ」

外記は思わず叱り付けていた。

「何をのんびりと休んでおったのだ。この役立たず！」

「も、申し訳ありませぬ」

「もうよい！　うぬはそこで好きなだけ休んでおれ!!」

小姓に毒づき、外記はあたふたと身支度に取りかかった。

何であれ、主君から所望されたことにはすぐに応じるのが臣下の務め。

呼ばれたときは速やかに駆け付けなくてはならないが、くつろいだ装いのままというわけにはいかない。

外記は熨斗目《のしめ》の着物に袖を通し、帯を締めて裃《かみしも》を着ける。

「御上も御上ぞ。斯くも要領の悪い者ばかり、御側に仕えさせるとはの……」

ぶつぶつ言いながら着替えを済ませ、外記は部屋から駆け出て行く。

動揺を隠せぬのも無理はなかった。

お忍びで町に出た正良を狙わせ、刺客を差し向けたのは今日のことである。

まさかその日のうちに足が付くとは、思ってもみなかった。

ともあれ平静を装って会い、若き主君の胸の内を探らねばなるまい。

愚鈍な小姓になど、いちいち構ってはいられない。

「お待ちくだされ、ご家老さまぁ」

「うぬはそこで休んでおれ！」

背中越しに一喝浴びせ、外記はあたふたと駆け出した。

それを見送り、小姓は深々と頭を下げる。

本来ならば先に立ち、案内しなければならないはずだ。

しかし、その小姓は居残ったままでいた。

足音が遠ざかったのを確かめ、何食わぬ顔で部屋の中を調べ始める。

今日に限ったことではない。

わざと気が利かぬ振りをして油断を誘い、隙を見せたところに探りを入れるのは優れた間者の常套手段。

そんな小姓たちを使役する前田正良も、若年ながら侮れぬ男であった。

「お、御上、遅うなりまして、まことに申し訳ありませぬ……」

ねぎらった。
「落ち着くがよい。急くには及ばぬぞ」
ぜいぜい言いながら御殿の奥に駆け込んで来た外記を、正良は穏やかな面持ちで
「夜分にすまぬな、横山」
「め、滅相もありませぬ……お、御上の御為ならば、いつ何時でも参上つかまつり
ます故……」
差し向けた小姓と違って、本当に息を切らしているのは一目で分かる。
だが、何かにつけて忠義の士らしく見せるのは演技そのものだ。
火急の用とはいえ、ここまで息を切らせることはあるまい。
正良の心証を良くしようとして、わざと疾走してきたのだ。
何ともしたたかなものである。
(ふん、煮ても焼いても食えぬ狸めが)
汗を拭き、襟を正す様を正良は冷ややかに見やる。
醒めているのは視線だけで、表情は相も変わらず柔らかい。
横山外記の企みは、おおむね正良にも読めていた。

家老の立場を悪用して私腹を肥やしながら家中を一本化し、意のままに操ろうとしているのだ。

新たな御家騒動の芽を摘むためと言えば聞こえはいいが、本音はすべての実権を握りたいだけのこと。そうでなければ正良が陸軍奉行並の職に就き、江戸城勤めとなるのを反対したりはしないはずだ。

主君はできるだけ国許に遠ざけておき、藩邸には居てほしくないのだろう。

ふざけた考え方をするものである。

もはや放っておくわけにはいかなかった。

下村藩の命運を、私欲の固まりである古狸に左右させるわけにはいかない。

亡き兄に成り代わり、そろそろ決着《けり》を付けるべきだった。

そんな決意を固めた正良にはもうひとつ、はっきりさせたい件がある。

兄の慶三を死に至らしめておきながら逃亡した、遥香の始末だ。

手を下した奥女中はすでに自害し、黒幕とされた前の御国御前の遥香は娘の智音ともども罪に問うている。

慶三に御菓子係として仕えた小野十兵衛の手引きで脱藩していなければ、国許の御陣屋内の座敷牢で囚《とら》われの身のまま、歳月を重ねていたことだろう。

（あやつらのことも、いつまでも放ってはおけまい……）

正良がそう考えるのも当然だった。

十兵衛は主君の裁定に不満を抱き、事を起こしたのだ。

遥香ともども、これを反逆者と言わずして何としよう。

故に正良は外記のさまざまな悪行を小姓衆に探らせる一方で、江戸で身を潜める十兵衛たちの命を狙って繰り返し、密かに刺客を放っている件については、かねてより見逃していた。

国許でお気に入りだった野上喜平太までが裏切り、十兵衛の側に付いたのは由々しきことだが、悪しき者の味方をするとなれば粛清せざるを得まい。もしも外記の手に負えぬとあれば自ら陣頭で指揮を執り、生け捕りにした上で、直々に吟味をし直してもいいとさえ、正良は考えている。

しかし、外記は話に乗ってこなかった。

「刺客？　それはまた、何のことでございますか」

「隠し立てするには及ばぬ。小野十兵衛はこの江戸に居るのだろう」

「まことですか御上、初耳にございまするぞ」

「……では、討ち取ろうとはしておらぬと申すか」

「御意。一向に心当たりはございませぬ」

あくまでとぼけ通すつもりらしい。

正良に知られぬうちに、十兵衛たちを亡き者にしたいのか。

そうとしか思えぬ素振りであった。

(こやつ、何を考えておるのか……)

正良は新たな疑念を抱かずにはいられない。

できることなら先を越し、十兵衛と戦いたいところである。

そうすれば、外記の真意も分かるというもの。

(次に町へ出た折は余が直々に探りを入れてくれよう。御用繁多ではあるが鍛錬も欠かせぬな……よし、今宵から鑓《やり》の稽古を始めるといたすか)

まさか昼間に助けられたとは気付かぬまま、そんなことまで考える正良だった。

六

翌日の朝、十兵衛はいつもと変わらず笑福堂の暖簾を出した。

かくなる上は慌てることなく、腹を据えねばなるまい。

あれから遥香と話し合い、そう決めたのだ。

智音も朝から、元気に手伝ってくれている。

「ねぇねぇ、お水の加減はこれでいいの、じゅうべえ？」

問うてくる口調も、常と変わらず明るかった。

母親が動揺しなくなれば、娘も自ずと落ち着きを取り戻すというもの。

遥香はそう思えばこそ、惑ってはなるまいと思い至ったのだ。

そんな智音の元気は、ある約束によって支えられていた。

「ねぇ、じゅうべえ」

「何ですか、智音さま」

「きのうの約束、忘れてないよね」

「もちろんですよ。さ、早く手習い塾へお出《い》でなさい」

「はーい」

智音は表に出て行った。

見送る十兵衛は困り顔。

智音にせがまれ、雷おこしをこしらえることになったからだ。

あれからすぐに雷門前から退散した智音は、お目当てだった浅草名物を口にすることができずじまいだった。

そこで十兵衛にせがんで、作ってもらうことにしたのだ。

午後になって帰って来ても、催促は一向に止まなかった。

「雷おこしが食べたいよう、ねぇ」

「仕方あるまい。ならば今一度、浅草まで参るといたすか」

そう申し出てくれたのは、ちょうど来合わせていた美織。

喜平太を伴い、稽古後の甘味を食べに寄ってくれたのである。

「おぬしも来るか、野上」

「いいだろう。美女を二人きりで遠出させるわけにもいかぬからな」

「ふん、心にも無いことを言うな」

毒づきながら、美織はまんざらでもない様子。

この二人、上手くいっているらしい。

しかし、智音は喜びはしなかった。

「あたしはじゅうべえの雷おこしが食べたいの。作ってよ、ねぇ」

「聞き分けのないことを申すでない、とも」

「やー！」

子どもは都合次第で大人びることも、赤ん坊に戻ることもできる。

「十兵衛どの」

「お任せくだされ。何卒ご心配なきように」

困った顔で見返す美織に、十兵衛は頷き返す。

この様子では、智音をいつまでも待たせておけそうにはなかった。

その夜、十兵衛は一人で調理場に立った。

雷おこしの作り方そのものは、もとより承知の上だ。

蒸《ふ》かした米を煎って膨らませ、甘い蜜を絡《から》めて水あめで固めるのだ。

だが、この工程がなかなか難しい。

固めすぎれば独特のさくさくした歯触りが損なわれてしまうし、柔らかすぎては指で持つこともできなくなる。

「さて、何としたものか……」

十兵衛は腕を組んで考える。

ふと目に付いたのは、美織が土産に持って来てくれた南京豆《ナンキンまめ》。

大身旗本である父親の知行地が相模《さがみ》の沿岸に在り、そこで毎年大量に採れるのを献上されているとのことで、喜平太に叺《かます》ごと担がせてきたのだ。

殻つきのまま塩茹《しおゆ》でにし、遥香と共に堪能させてもらった残りが、まだ鍋の底に残っていた。

何気なく摘み上げ、柔らかくなった殻を割る。

口に入れてみると、心地よい歯ごたえがした。

完全に柔らかくなってはいないし、それでいて煎っただけのものとは違って弾力を帯びている。

この南京豆を蜜でくるめば、米のみを使った雷おこしと似て非なる味わいになるのではあるまいか――。

「これだ」

十兵衛は土間の隅に駆けて行く。殻つきの南京豆を茹で始める目付きは真剣。升に山盛りにして持って来た、殻から取り出し、丹念に蜜を絡めていく。茹で上がったのを殻から取り出し、丹念に蜜を絡めていく。

固まりすぎず、限りなく柔らかくなるように加減しながらのことであった。


十兵衛の思いつきは、吉と出た。

出来上がったのは洋菓子で言えばヌガーのような味わいで、遥香はもとより信義にも大うけしたのである。

「ご隠居さま、そんなにくちゃくちゃされては差し歯が抜けてしまいますぞ」

「うるさいぞ石田、四の五の申さず、そのほうも食え」

「はぁ……ふむ？　こ、これはいけますなぁ！」

食べすぎを案じた甚平まで、終《しま》いには虜《とりこ》になる始末だった。

「ありがと、じゅうべえ」

智音は満足し、こう言ったものである。

「やっぱりじゅうべえはすごいねぇ、欲しいものを頼んだら、ちゃんと作ってくれるんだもん！」

「ははは、易《やす》いことにござるよ」

微笑みを返しながら、十兵衛は懐かしい感覚を抱いていた。

それは十兵衛にとって、久しぶりの経験だった。

智音が十兵衛にせがんだのは亡き父親——前田慶三が在りし日に、毎日の如くしていたのと同じこと。

やはり、血は争えぬものらしい。

十兵衛は微笑みながら、こうも思わずにはいられなかった。

（今の御上……正良さまにも、どうか拙者の味を堪能していただきたい……）

そんなことを思い始めると、居ても立ってても居られない。

遥香の潔白を証明するためにも、会わねばなるまい。

決意を固めた十兵衛の行動は早かった。

その夜のうちに、本郷の下村藩邸に忍び込むことにしたのである。

藩邸の間取りは、もとより頭に入っている。

だからと言って、気安く忍び込めるものとは違う。

見付かれば即座に捕らえられ、家中で裁きを受けることになるからだ。

そんなことになれば、誰にも助けてはもらえない。

誰にも気付かれずに正良に会えたとしても、その場で手討ちにされてしまうかもしれないのだ。

それでも十兵衛は、出向かずにはいられなかった。

「何処へ参られるのですか、十兵衛どの」

「ご心配には及びませぬ。朝には戻ります故、お休みになっていらしてくだされ」

気付いて起きてきた遥香の肩をそっと抱き、十兵衛は表に出て行く。

決然と夜道を往《い》く顔に未練はなかった。

七

本郷には武家屋敷が多い。

加賀藩の前田本家を始めとする周囲の屋敷と比べると、下村藩邸の表門はこぢんまりとしている。

一万石の小藩だけにやむなきことだが、護りが甘いわけではない。

横山外記が江戸家老となってからは、とりわけ警戒が厳重だった。

無理もあるまい。

下村藩では、二人の手練に対して警戒を怠ることができずにいる。

小野十兵衛と野上喜平太。

腕が立つのは喜平太のほうだが、より排除すべき相手は十兵衛だ。

十兵衛は、先代藩主毒殺の真相を知る男。

生き証人の遥香と智音を護り、刺客を差し向けても寄せ付けない。

横山外記は気付いていないが、近頃は喜平太まで手を貸すようになったため、尚のこと手強い。

しかも間の悪いことに藩主の前田正良が陸軍奉行並に任じられ、国許から江戸に出て来て、この藩邸内で暮らしている。

江戸家老の外記としては、十兵衛にだけは絶対に会わせたくない。

邪魔な存在なのは正良も同じである。

若いのに堅物で融通の利かない正良は、外記の言うことにまったく耳を貸そうとせずにいる。

このままでは、先代の藩主だった慶三を亡き者にした意味が無い。

故に暗殺を企み、腕の立つ郷士の一団をお忍びの外出先に差し向けたのだが、事もあろうに町人に邪魔をされてしまった。

何とも困ったことである。

その十兵衛がまたしても藩邸に忍び込んだのに、外記は気付いていなかった。

今宵の潜入は、以前よりは楽であった。

喜平太ほど腕の立つ者が、護りを固めていないからだ。

「ううっ……」

「相すまぬな。しばし眠っておってくれ」

出会い頭に昏倒させた番士に詫びつつ、そっと十兵衛は足元に横たわらせる。

同じことを繰り返すうちに、奥の廊下まで辿り着いた。

「うぬっ、よくも顔を出せたものだな！」

藩邸に侵入し、奥の私室まで忍び込んできた十兵衛と対面したとたん、前田正良は怒声を張り上げた。

無理もないことである。

小野十兵衛は脱藩したばかりか、兄を殺した咎人《とがにん》として座敷牢に閉じ込めていた遥香と智音を連れ出し、長らく行方《ゆくえ》をくらませた大罪人なのである。

自ら姿を現したからといって、情状酌量できるはずもない。

「そこに直れ、慮外者めが！」

告げると同時に伸び上がり、鴨居に掛けた鑓を手にしたのも当然だろう。

体《たい》のさばきは機敏だった。

大人しくしていては、田楽刺しにされてしまう。

左足を前にして構えた正良の目の前に、すっと十兵衛は脇差を差し出す。

「む？」

鐺を繰り出そうとした動きが、ぴたりと止まる。

その機を逃すことなく、十兵衛は言上《ごんじょう》した。

「過日に御上より賜りし、お腰のものにございまする」

「余が、そのほうに呉れてやっただと？」

「浅草は三社祭をご見物なされ、雷おこしをご賞味なされしお帰りの途次《とじ》でのことにございまする」

「されば、あの折の頰被りはそのほうだったのか」

「御意」

「何と……」

正良は鐺を手にしたまま、驚きを隠せなかった。

助けてもらったことに、今さらながら気付いたのだ。

そうと分かれば、手討ちにしてしまうわけにもいくまい。

「……そこに直れ」

改めて命じた言葉は同じでも、もはや刃は向けてこない。

話を聞く態勢になってくれたのだ。

「御上、畏れながら申し上げまする……」

満を持して、十兵衛は語り出した。

明かしたのは、自分が見聞きしたすべての顚末《てんまつ》。

まずは慶三の死の真相から始めた。

「……お護りできなんだのは、返す返すも口惜しい限りにござる」

語った上で口にしたのは、十兵衛の偽らざる本音であった。

「む……」

正良も、しばし言葉が出て来ない。

家老の横山外記こそが真の黒幕であることにも、臆せず触れた。

「横山が、余を裏切っておると申すのか?」

「御意」

「いや、それはあるまいぞ」

正良は首を左右に振った。

「たしかに、あやつは私欲を抱き、余を思うがままに動かそうとする節がある……

されど兄上を亡き者にしてまで当家を牛耳ろうとは、有り得ぬ話ぞ」

「まことなのでございます、御上っ」

十兵衛は無礼を承知で詰め寄った。

「脱藩の身で上《うえ》つ方《かた》を悪しざまに申すは由々しきことなれど、お許しくだされ」

「む……」

しばしの間を置き、正良は言った。

「苦しゅうない。思うところを申してみよ」

「ははっ」

正良が心底から外記を信頼していれば、逆効果にしかならない告白である。

だが、もはや恐れてなどいられない。

手討ちにされるならば、それもやむなし。

すべては覚悟を決めての説得だった。

「……左様であったのか」

余さず話を聴き終えた後、正良は大きく息を吐いた。

淡い灯火に浮かぶ表情は切ない。

知勇兼備の青年大名は、何ともやりきれぬ面持ちになっていた。

「だから余は兄上に再三申し上げたのだ。何事も度が過ぎてはならぬと……」

「…………」

「そのほうも悪いのだぞ、小野」

黙ったままでいた十兵衛を、じろりと正良は睨《にら》み付ける。

しかし、続いて口にしたのは悪罵《あくば》ではなかった。

「精魂を傾けし菓子に毒を仕込まれ、あるじを空しゅうされたそのほうの無念は察して余りある。これまでのこと、許せ」

「ははーっ」

十兵衛は深々と頭を下げた。

命懸けの説得は通じたのだ。

遥香を罪に問うたのは完全な誤解だったと、ついに分かってもらえたのだ。

だが、それで話が付いたわけではなかった。

「これ、心得違いをいたすでないぞ」

面を上げさせた十兵衛に対し、正良は重々しく告げてきた。

「詫びは申したが、そのほうのことのみを信じるわけには参らぬ。横山の言い分も聞いてみなくてはなるまいぞ」

「すべては御心のままにございまする、御上」

「されば小野、そのほうにひとつ命じたきことがあるのだが」

「何なりとお申し付けくださいませ」

十兵衛は重ねて頭を下げる。

と、正良は思わぬことを言い出した。

「そのほうも当家の御菓子係であったのならば、口ばかりで語ってはなるまい」

「と、仰せになられますと？」

「その腕を存分に振るうて、余を得心《とくしん》させてみるがいい」

「腕を……でございまするか」

「左様。余のために菓子をこしらえるのだ」

「御上……」

かくして、正良が十兵衛に出した条件。

それは亡き兄の慶三、そして姪《めい》に当たる智音と同じく、十兵衛の腕を見込んだ上で望む菓子を作らせることであった。

第四章　柴舟

一

十兵衛が前田正良から命じられたのは、国許で随一の銘菓を作ることだった。

「柴舟《しばふね》……にございまするか？」

「左様」

驚く十兵衛を見返して、正良は言った。

「そのほうの腕前を見込んで命じることだ。余の期待に見事応えたならば罪を許すは言うに及ばず、帰参いたすも望みのままぞ」

「御上……」

「苦しゅうない。余に委細任せておくがいい」

正良は微笑んだ。

凛とした瞳には、含むところなど何もない。

今宵の十兵衛の話を聞き、反省すべき点は疾うに心得ていた。

遥香の申し開きを聞き入れず、咎人として座敷牢に押し込めたのは、紛れもなく正良の落ち度であった。

敬愛する兄を裏切ったと思い込んだ故だったとはいえ猛省すべきであるし、まだ幼かった智音まで巻き添えにさせてしまい、何の罪科《つみとが》もないのに不自由な暮らしを強いたことへの償いもこの藩邸に迎えた上で、真剣に考えていかねばなるまい。

されど、すべてを水に流すわけにはいかなかった。

遥香と智音に申し訳なく思う正良も、十兵衛を簡単に許す気にはなれずにいた。

座敷牢を破って脱藩したのは、正良に対する重大な裏切りである。

遥香と智音が無実と証明されても、十兵衛はあくまで有罪だ。

事を起こすに至った理由が何であれ見逃すわけにいかないし、たとえ正良が許すと言っても、重臣たちが黙ってはいないだろう。

十兵衛がしでかしたのはそれほど重い、本来ならば万死に価する罪なのだ。

簡単に帳消しにしては、他の家臣に示しが付かなくなる。

そのぐらい承知の上だが、やはり十兵衛に腹を切らせたくはなかった。

もしも一人だけ死なせてしまえば遥香と智音が嘆き悲しみ、正良は苦難を強いたことを償うどころではなくなるからだ。

とりわけ遥香は心配だった。

兄の愛した御国御前が恩人を犠牲にして平気な顔をしていられるほど、不人情な女ではないのを正良は知っている。

絶世の美女でありながら情に厚く、儚《はかな》げな外見をしていながら意志が強い。なればこそ慶三も側室に迎え、一途《いちず》に愛情を注いで止まなかったのだ。

疑いが晴れ、智音と二人だけ助かっても、遥香は決して喜ぶまい。

恩人を死なせてしまった責任を感じた末に、母娘揃って後を追いかねない。

そんな真似をされては困る。

遥香と智音を救うのなら、十兵衛も死なせてはなるまい。

それでは、どのような口実を設ければ腹を切らせずに済むのだろうか。

そこで正良は一考し、妙案を思いついたのである。

十兵衛は遥香と智音を助け出したい一念で動いただけで、主家を裏切るつもりはなかったはず。今も忠義の心を変わることなく抱いていれば、代々の藩主の御食事係を務めてきた小野家の子として身に付けた、加賀銘菓の柴舟を作る腕も鈍らせてはいないことだろう。

正良はそのように主張して、家中の反対を押し切るつもりであった。

十兵衛さえ見事にやってのければ、無実にしてやる口実が成り立つ。

持ち前の腕を振るってこしらえた菓子を食べさせ、今もこれほどの忠義者なのだと正良が力説すれば、若い主君のやること為すことにいちいち口を挟んでくる国許の老臣たちといえども異は唱えられぬだろうし、十兵衛を罪に問わぬのはもちろんのこと、遥香と智音の疑いも晴らしてやれる——。

そんな考えに基づいて、地元の銘菓を作ることを命じたのだ。

「しっかり頼むぞ、小野」

表情も明るく、正良は言った。

「柴舟は加賀百万石は言うに及ばず、当家においても至高の銘菓ぞ。本家に劣らぬ出来栄えをひとつ示し、皆を感服させてやるがいい」

我ながら良い考えだと、自慢したいばかりの面持ちだった。

「は……」

対する十兵衛の顔色は、何故か冴えない。

それと気付かぬ正良ではなかった。

「何としたのだ、小野」

「畏れながら申し上げまする」

十兵衛は青い顔のままで言上した。

「それがしはこの三年、江戸の人々の好む甘味ばかりを手がけて参りました」

「良いではないか。その甲斐あって、さらに腕を上げたのであろう」

「いえ、まったく逆なのでございまする」

「逆とな」

「この三年が災いし、御上がご所望にお応えいたす自信が持てぬのです」

「ははは……謙遜するのも大概にせい」

正良は思わず苦笑した。

「つい今し方、余に申したばかりではないか。御国御前と姫君を飢えさせぬがため精進し、あらゆる客の求めに応じて、さまざまな菓子を作って参ったのだと。あの口さがなき岩井の隠居に始まりて、公方《くぼう》と和宮さま、あげくの果てには天璋院さままで喜ばせたとなれば、わが家中の者どもを得心させるなど容易《たやす》いはずぞ。まして横浜では異人の舌まで満足させたのであろう？　余の家臣ながら、今のそのほうの菓子作りの腕前は、日の本無双と言うても過言ではあるまい」

「まことに畏れながら……違うのです、御上」

十兵衛は苦渋の面持ちで続けた。

「御上にお見知りおきいただいておりました、小野家の十兵衛は死にました」

「訳が分からぬぞ小野。そのほうは余に何が言いたいのだ？」

怪訝そうに正良は問い返す。

十兵衛が謙遜しているわけではないことに、ようやく気が付いた。

「かつてのそれがしは何処《どこ》にも居りませぬと、謹んで申し上げておるのです」

言上する十兵衛の顔は、血の気を失いながらも真剣そのもの。

決してふざけているわけではなかったが、続いて口にしたのは不甲斐ないと受け取られても致し方のない言葉だった。

「ただいま御前に控え居りますのは、下町暮らしのしがない甘味屋にござる。父と兄たちより学びし小野家の伝《でん》は忘却のかなたにござれば、お喜びいただける出来の柴舟をご用意つかまつる自信など、とても持てませぬ」

「ふん、つくづく訳が分からぬわ」

正良は、じろりと十兵衛を見返した。

「そのほう、いつから喋《しゃべ》りになったのか。兄に仕え居りし頃には、黙して語らぬのが常だったはずだが」

「い、いいえ」

「ならば、四の五のくだらぬ御《ご》託《たく》を並べるでない。そのほうも末弟とはいえ小野の一族ならば、口ではなく腕で以て、存分に語ることだ」

「…………」

「甘く生きてはなるまいぞ、小野」

有無を言わせず、正良は続けた。

「そのほうにひとつ教えてやろう……聞くがよい」

「ははっ」

十兵衛は謹んで頭を下げる。

何であれ、主君が述べる言葉には耳を傾けなくてはならない。

告げられたのは、国許の家族に関することだった。

「遥香と智音を連れてそのほうが脱藩に及びし後、家中で小野家を廃すべしと声が上がった。横山外記めが扇動したことなのは、すでに調べが付いておるが……な」

「…………」

十兵衛の眉が攣《つ》り上がった。

悪の首魁《しゅかい》に対する怒りが、じわじわと増していく。

横山外記は遥香に濡れ衣を着せたばかりか口を封じて真相を闇に葬るべく、執拗《しつよう》に刺客を送り込んできた、もとより許せぬ相手であった。

ただでさえ容赦できぬのに、小野の家まで潰そうとするとは何事か。

事実ならば、重ね重ね許しがたい。

それにしても、小野家は一体どうなったのか。

野上喜平太が知らせてくれたのと、もしかしたら事実は違うのかもしれない。

大名の家中の出来事は外部から窺い知れぬため、人脈の広い岩井信義といえども探るのは難しい。何が起きているのか、分かったものではなかった。

もしや十兵衛のしでかしたことが原因で父も兄も御役御免にされ、一族の全員が領外に追放されたのではあるまいか。

そんなことになっていてはいたたまれぬし、外記のことも許せない。菓子を作る手で人など斬りたくはなかったが、あの男だけは生かしておけまい――。

「何を考えておるのだ、小野」

と、正良がおもむろに問うてきた。

「こちらは真面目に話しておるのだ。余を見くびるのも大概にせい」

「そんな、御上」

十兵衛は慌てて言った。

「見くびるなどと滅相もございませぬ。それがしは、ただ」

「黙り居れ」

十兵衛に告げる口調は、あくまで厳しい。

続く問いかけも、語気が鋭かった。

「そのほうの形相を見れば察しは付く……うぬは余が横山にそそのかされ、小野家を闇に葬ったとでも思うたのであろう」

「違うのですか、御上？」

「当たり前だ、阿呆」

無礼を承知で問い返すや、正良は十兵衛を一喝した。

「そのほうの父と兄たちの料理の腕は、前田の本家はもとより将軍家の台所方にも憚りながら引けを取らぬ、当家の至宝ぞ。くだらぬ讒言《ざんげん》を真に受けて、潰すはずがあるまい？」

「御上……」

十兵衛は戸惑うばかり。安堵と混乱に同時に見舞われていた。

「何故に余が小野家を咎めなんだか分かっておらぬらしいな、そのほう」

正良は続けて説き聞かせた。

「あの騒ぎの後も小野の男たちは申し開きなど一切いたさず、常と変わらぬ料理を余のために作り続けてくれた。故に余はそのほうの父と兄を信じ、変わることなく重く用い続けたのだ」

「…………」

「今一度申し付ける。小野の男ならば口ではなく腕で語れ。言《げん》を弄《ろう》するのではなく菓子作りの技を以て、余を得心させるのだ」

　正良の口調に、もはや怒りは感じられない。

　あくまで淡々と、十兵衛に為すべきことを命じていた。

「……御意」

　十兵衛は深々と一礼する。

　それを見届け、正良は言った。

「そのほうに十日の時を呉《く》れてやる。存分に腕を振るうて柴舟をこしらえ、改めて持参いたすのだ」

「しかと心得ました、御上」

「その折には主だった臣下の者を一堂に集めておく故、堂々と表から入って参るがよかろうぞ。横山外記も同席させる故、存分に振る舞《も》うてやるがいい」

「ははーっ」

「行け。見付かっても助けはせぬぞ」

「御免」

　去り行く十兵衛を、正良は見送ろうともしなかった。

その代わり誰一人呼ぶことなく、黙して書見台に向かう。

宿直《とのい》の番士が様子を見に来ても、余計なことなど口にしない。

「御上、何かございましたか」

「苦しゅうない」

障子越しの問いかけに、正良は平然と続けて言った。

「眠気覚ましに鐺の稽古をしておって、ちと気合いが入りすぎただけのことだ」

「されど御上、何やら言い争われるお声が聞こえました故……」

今一人の番士が怪訝そうに問うてくる。

「くどいぞ」

図星を指されても、正良は相手にしない。

「大事ないと申しておるだろうが、無礼者め」

「も、申し訳ありませぬ」

「もうよい。下がり居れ」

憮然《ぶぜん》と告げて、正良は番士たちを追い返す。

十兵衛が忍び込んだことなど、一言も漏らしはしなかった。

二

かくして無事に戻ったものの、十兵衛に与えられた課題は至難であった。

（難しい……）

店に帰って早々に調理場に立ってはみたが、迷うばかりで手が動かない。

もちろん、作り方そのものは覚えている。

必要とされる材料も、すべて揃っていた。

柴舟とは小麦粉を練った生地を焼き、水溶きした砂糖を化粧塗りして、生姜《しょうが》を効かせた煎餅のことで、その名の如く柴を運ぶ舟に似た形をしている。

加賀藩の繁栄を盤石のものとした三代藩主の前田利常《としつね》がこよなく好み、百万石の献上菓子として世に知られた柴舟は、加賀前田家と縁が深い下村藩にも伝わって久しい銘菓であり、十兵衛も国許では折に触れて口にしたものだ。

にも拘わらず、なかなか取りかかれずにいる。

肝心なことを忘れてしまったのだ。

（柴舟か……一体、あの菓子のどこが美味であったのか……？）

さすがに正良の前では言えぬことだった。

そんな疑問を口に出せば追い出されるか、即座に手討ちにされていただろう。

正良に限ったことではあるまい。

無事の帰還を喜んで、二階で智音と共に安らかな寝息を立てている遥香もこんな悩みを聞かされれば驚き呆《あき》れ、十兵衛を見限るに違いなかった。

（俺は一体、これまで何をやって来たのだ……？）

十兵衛自身、己のことが分からなくなっていた。

ここ深川元町に店を開いて、今年で三年。

最初から上手くいったわけではなかった。

笑福堂を構えたばかりの頃の十兵衛はまるで勝手が分からず、一体どんな菓子が売れるのか、江戸の客にはどのような味が喜ばれるのか気付かぬまま、凝った形のねりきりやこなしといった生菓子《なまがし》ばかりを毎日こしらえては、空しく店頭に並べていたものである。

まったく客が付かない日々を経て、十兵衛はようやく江戸で好まれる甘味の実態を知るに至った。

きっかけは裏の長屋からおすそ分けに与った、がんもどきの煮物であった。

惜しみなく砂糖を入れて甘辛く煮たがんもどきは、庶民にとって大の好物。

菓子も同じで、繊細な味よりも単純に甘いのが好まれる。

要するに、みんな砂糖が大好きなのだ。

そんな事実を、このとき十兵衛は初めて知ったのである。

国許で十兵衛が菓子を供した相手は武士、それも慶三を筆頭に家中でも格の高いお歴々のみ、町人も藩の御用達《ごようたし》の豪商連中が専らだったため、まず身に付けたのは彼らが好む、品のいい菓子の作り方のみ。甘たらしいばかりの菓子など、最初から求められてもいなかった。

だが、江戸は違う。

もちろん上品な菓子も一部で売られているものの、十兵衛が日々の糧を得る相手はあくまで町の住人たちだ。

ひたすら甘くて値段も手頃。そんな菓子にしか目は向かない。

故に十兵衛は頭を切り替え、江戸の民が喜ぶ甘味をいちから追求し始めたのだ。

そして苦節三年、今や笑福堂は客足が引きも切らないまでになった。
それがいきなり、国許の伝統ある菓子を所望されたのだ。
三年前の十兵衛ならば、実に容易いことだったはず。
ところが、今は自信が持てない。
十兵衛は過去を一度捨ててしまったからだ。
しかし、こたびは今一度、過去の自分に立ち戻らなくてはならない。
単純なことのようでありながら、難しい。
すでに夜明けは近かった。
されど、十兵衛の悩みは尽きそうにない。

「…………」

窓から射す黎明《れいめい》の光の下で、じっと立ち尽くしたまま動けずにいる。
いつまでもこうしてはいられまい。
十兵衛は水を汲み、小麦粉を練り始めた。
いつものてきぱきした働きぶりとは別人の如く、動きがのろい。
生姜を刻み、砂糖を溶く手さばきも緩慢だった。

十兵衛は七輪に火を熾《おこ》し、網を載せる。

焼き上がった生地に、生姜と砂糖を塗って乾かす。

程なく、舟の形をした煎餅が完成した。

「く！」

ひと口かじるや、十兵衛は足元に叩きつける。

迷いながら仕上げた煎餅には、味も素っ気も有りはしない。

そればかりか、大きなひびまで入っている。

とても正良に見せられた代物ではなかった。

三

そんな十兵衛の苦悩を知ることなく、前田正良は上機嫌。

「ふっ、小野に任せておけば大事はあるまい……」

江戸城中で執務していても、表情は明るかった。

十兵衛に対し、全幅の信頼を寄せて止まないからである。

ひとたび信じたからには、腕が落ちているのではと疑ってはなるまい。厳しい言葉こそ浴びせたのも、信じていればこそだった。

一方の横山外記は毎日落ち着かない。

正良が十兵衛を藩邸に呼び寄せ、昔と変わらぬ柴舟の出来を以て、無実の証しにさせると言い出したからだ。

これは予想も付かない事態であった。

気付かぬうちに接触されたばかりか、こんな約束を勝手にされては迷惑千万。だから正良を江戸には来させたくなかったのだ。

（おのれ……）

日中は何食わぬ顔で接しながらも、外記の胸の内は怒りで一杯。

しかし夜が更けて私室にこもり、策を練ろうとしても妙案が思いつかない。

事を一気に解決するには正良を何とかすればいいが、今となっては難しい。

あれから刺客の襲撃を警戒し、いつも護りを固めているからだ。

かと言って舌先三寸で丸め込み、国許に帰ってもらうのも不可能であった。

陸軍奉行並としての働きぶりに落ち度はなく、当分は役目替えなどされることもあるまい。

もともと正良は将軍家の覚えも目出度《めでた》く、一万石の小大名ながら加賀百万石に連なる名家で、戦国の英雄の末裔という肩書に恥じぬ逸材と目されている。このままいけば更なる出世を遂げて、ずっと江戸にとどまり続けるかもしれない。

頭の痛い限りだが、まず切り抜けなくてはならないのは、日一日と迫る柴舟吟味であった。

間違いなく、十兵衛は正良が満足のいく出来に仕上げてくるだろう。

相手の力を舐めてかかるほど、外記は甘くない。

十兵衛が菓子作りに限っては小野家で一番の腕利きであり、江戸で集めた人気が揺るぎないものとなって久しいことも、もとより承知の上だった。

(おのれ、若造め)

外記が胸の内で毒づいたのは、十兵衛に対してだけではない。

正良に対しても、改めて殺意を抱かずにはいられなかった。

ともあれ、今は柴舟作りの妨害が急がれる。

とはいえ材料そのものは珍しくないため、仕入れを邪魔する手は遣えない。

十兵衛当人を空しくするのも至難であった。

あの男の剣の腕は、菓子作りに劣らず冴えている。

以前に負わせた手傷も癒え、戦う妨げになっていない。

ならば弱い者を狙って捕らえ、人質にしてはどうだろうか。

(そうだ……それしかあるまいぞ)

淡い灯火の下、外記は邪悪な笑みを浮かべる。

仲間の腕利きたちが周囲で目を光らせているといっても、終日張り付いていられるわけではあるまい。

その隙を突いて、事を為すのだ。

人質を隠す場所ならば、すぐに用意ができる。

そこは外記ならば容易に出入りが可能な、しかし十兵衛に合力している者は岩井信義といえども立ち入りがたい、江戸前の要塞であった。

悪しき企みが始まったことを、当の十兵衛たちは知らない。


「十兵衛どのは何としたのか、野上?」

「それが俺にも分からぬのだ……ううむ、困ったのう」

美織に問われ、喜平太は困惑した様子で答える。

道場での指導を終えた、昼下がりの帰り道である。

美織は例によって新大橋を渡り、笑福堂に向かっていた。

大川を吹き渡る風が、汗ばんだ体に心地いい。

しかし、橋を渡り行く二人の足の運びは重い。

十兵衛を案じながらも、顔を見ることが辛《つら》いのだ。

様子がおかしくなってから、今日で五日。

残る五日で所望された柴舟を完成させ、下村藩邸に持参しなくてはならないことを美織と喜平太は知らない。

事実を明かされたのは遥香のみ。

智音も母から聞かされてはいたものの、詳しい事情は飲み込めない。

ただ、十兵衛が自分たちのために必死になってくれているのはよく分かる。

今日も見慣れぬ形をした煎餅を仕上げては足元に叩きつけ、また生地を練っては同じことを延々と繰り返している。

見ていても、辛くなるばかりの眺めだった。

十兵衛は商いが手に付かず、笑福堂はずっと暖簾を出せぬまま。

それでも、日々の営みは休めない。

「行ってきます」

答えぬ十兵衛の背中に告げて、智音は手習い塾へ向かう。

しかし、塾に辿り着くことはできなかった。

思わぬ異変が起きたのは、通りの角を曲がった刹那。

「きゃっ」

通りすがりの見知らぬ武士に抱え上げられ、ずんとみぞおちに当て身を食らう。

ぐったりした智音は駕籠に乗せられ、瞬く間に連れ去られる。

すべては十兵衛が正良と密かに接触したことを知り、危機感を覚えた横山外記の指図であった。


上手くいったと知らせを受け、外記は智音の身柄を隠した場所へ急ぎ向かった。

船を漕《こ》がせて向かった場所は品川沖。

「ふっ、良き心持ちだのう」

潮風を頬に受け、外記は目を細める。

船足は快調そのもの。

わが道と同様と思えば、否が応でも気分は高まる。

船が着いた先は、奇妙な島であった。

波打ち際には高い石垣が築かれ、柵まで設けられている。

島と言うより、城を思わせる外見だ。

そして人質を閉じ込めさせたのは島の一画に設けられた、屋根を黒い瓦で葺《ふ》いた小屋であった。

三方には土塁が築かれ、出入りできるのは正面のみ。

大きな樽《たる》が並ぶ中に一箇所だけ畳が敷かれ、急ごしらえの牢格子まである。

囚われた智音は後ろ手にされて縛られ、二人の藩士が見張りをしていた。

「これが美貌と誉れ高き御国御前……遥香の子か？」

「ははっ」

見張りの藩士が声を揃えて答える。

十兵衛が正良の部屋に忍び込んだ夜に、宿直をしていた二人組である。金と出世を餌にした外記に寝返り、取り込まれたのだ。

「成る程のう、国許で母親ともどども押し込めにいたした折には、まだ赤ん坊の如くあどけなかったはずじゃが……ふっ、美しゅうなりそうな顔立ちをしておるのう」

見知らぬ老人の軽口に、智音はぷいと顔を背けた。

「ふん、まぁよい」

外記は苦笑しながら腰を上げた。

と、足をがくんと引っ張られる。

袴の裾を智音に踏ん付けられたのだ。

「こやつ！」

外記は智音を睨み付けた。

辛《かろ》うじて踏みとどまり、どうにか転ばずに済んだものの、配下たちの見ている前でつんのめったのは思わぬ失態。威厳も何もあったものではない。

しかし智音は、まったく動じていなかった。

「べーだ」

怖がって謝るどころか、悪態を吐く余裕まで持っている。

慌てたのは見張りをしていた二人組。

「こやつ、何たるご無礼を！」

「折檻《せっかん》をいたしますするか、ご家老さま」

「止めておけ」

いきり立つのを抑え、外記は続けた。

「もはや勝負は付いたも同じぞ。余裕、余裕」

「はぁ」

「せいぜい大事にしてやれ」

そんなことを告げながらも、

「ゆめゆめ逃がしては相ならぬぞ。いよいよとなれば、容赦いたすな」

そう言い添えることを忘れなかった。

正良が十兵衛と交わした約束については、すでに外記も承知の上。

わざわざ探りを入れるまでもなく、正良のほうから知らせてきたのだ。

加賀の銘菓など作られてしまっては、たとえ不味《まず》くても異は唱えられない。

正良はどう転んでも十兵衛を助命することができるように、策を講じたのだ。

断じて思い通りにさせてはなるまい。

若い主君の気付かぬうちに、しかるべき手を打とう。

要は十兵衛が観念し、柴舟作りを止めて遥香ともども首を差し出せばいい。

そのときは智音のことも容赦せず、引導を渡すつもりである。

三人揃って始末を付ければ、死人に口なし。

幾ら正良が己の非を認めた上で外記を裁こうとしても、生き証人がいなくなってはどうにもなるまい。

かくして外記は腹を決め、智音を誘拐するに及んだのだった。

四

白昼のかどわかしは、たちまち界隈に知れ渡った。

一応は町奉行所の同心も調べに来てくれたが、当てにはならない。十兵衛も思い当たる節を明かすわけにはいかぬため、なかなか埒は明かなかった。

その代わり、動いてくれたのは仲間たち。

まずは美織と喜平太が、笑福堂を訪れて早々に事件を知った。

急ぎの知らせを受けた信義も、手をこまねいてはいなかった。

「何っ、智音がいなくなっただと⁉」

「十中八九、下村藩の江戸家老の仕業でありましょう」

「おのれ、何ということを！」

外記の仕業に違いないと怒る信義であったが、迂闊には動けなかった。

たとえ証拠を摑《つか》んでも、下手に外記を懲らしめようとすれば、藩そのものが取り潰されてしまいかねない。

やむなく、信義は騒ぎ立てるのを止めた。

事を表沙汰にはしない代わりに、腹心の甚平を呼んで命じた。

「小野は新しい菓子作りにかかりきりだそうだ。そのほう、代わりに動いてやれ」

「ははっ！」

甚平は勇んで飛び出して行く。

まず駆け込んだ先は、深川元町の但馬《たじま》屋だった。

笑福堂の地元でも指折りの大店で、あるじの徳蔵《とくぞう》は甚平が浪人し、食うに困っていた頃に助けてくれた、無二の恩人である。

とは言え、むやみに頼ったわけではない。

昨年に十兵衛は徳蔵の注文で千歳飴作りに腕を振るうと同時に、御用盗の一味にかどわかされた孫娘の姉妹を助け出すのに、甚平と共に一役買った。

恩を売ろうというわけではなかったが、今は形振《なりふ》り構ってはいられない。

岩井家の人脈だけでなく、町人で顔の広い徳蔵の力も必要なのだ。

「どうか手を貸してはもらえぬか。この通りぞ！」

「水くさい真似はお止めくだされ、石田さま」

徳蔵は話を聞き終えて早々に、甚平に頭を上げさせた。

「他ならぬ笑福堂さんの災難を、見過ごすわけにはいきますまい。一肌もふた肌も脱がせてもらいますよ」

「か、かたじけない」

「ただし、孫たちには伏せておいてくださいまし」

「もとより承知の上ぞ。智音とは大の仲良しである故な……」

「よろしく頼みますよ。時に石田さま、笑福堂さんは相変わらずでございますか」

「うむ。今は菓子作りにかかりきりにさせておきたいと、わが殿も仰せでな」

「致し方ありますまい。よほどの事情がお有りのこととお察しいたします」

「左様。子細を明かせず申し訳ないが、主従の縁は断ちがたきもの故な……」

つぶやく甚平も、かつて大名家で禄を食《は》んでいた身である。

こちらは主君との縁など切れたも同然であり、岩井信義という新たな主君を得ているので、今さら何か命じられることなど有りはしなかった。

だが、十兵衛は違う。

脱藩して久しいとはいえ、未だに主従の間柄のままなのだ。主君である正良が縁を切ったと認めぬ限り、勝手気ままになど生きられぬのだ。

まして、こたびの菓子作りは今までのものとは違う。

遥香の無実を証明するために、断じて失敗など許されない。

そんな十兵衛に、智音の行方まで探させるのは酷というもの。

こういうときに日頃の付き合いを活かさずして、何とするのか。

「しかと頼むぞ、徳蔵どの」

「心得ました。但馬屋の付き合いの広さを、ご存分にお見せいたしましょう」

重ねて頭を下げようとした甚平を押しとどめ、徳蔵は力強く頷き返す。


しかし、懸命な探索も功を奏さなかった。

美織と喜平太も引き続き調べに協力し、付き合いの広い和泉屋仁吉も手を貸してくれたが、智音の行方は一向に分からない。

手を尽くしても見付からないはずである。

智音は、品川沖のお台場の中に囚われているのだ。

お台場は江戸湾を護るために設置された、幕府の砲台。

もちろん部外者は入ることを許されぬが、外記は陸軍奉行並となった主君の威光を逆手に取り、立ち入り禁止の軍事施設を悪用したのである。

これでは幾ら江戸市中を調べても、見付かるはずがないだろう。

智音の身柄を隠した場所も、思案を重ねた上で決めたものだった。

智音のいる小屋は火薬庫で、山ほど置かれた樽の中身は大筒《おおづつ》用の黒色《こくしょく》火薬。

引火すれば小屋どころか、島全体が吹っ飛びかねない。いよいよとなったときは証拠を隠滅し、事故と見せかければいい。

外記はそこまで計算して、お台場を悪用したのだ。

だが、やはり悪いことはできぬもの。

完璧と思われた外記の企みにも、思わぬ抜けがあった。

和泉屋は公儀御用達の菓子商として、諸方に店の品物を納めている。

幕府の所有するお台場も例外ではなく、あるじの仁吉はかねてより出入りを許されていた。

まさか十兵衛と気脈を通じた間柄とは、外記も見なしていない。以前と変わらず商売敵で仲が悪く、張り合っているものとばかり思い込んでいた。

(今日で四日か……)

お台場に向かう船の上で、仁吉の表情は冴えない。

智音の行方について、心当たりはすべて調べを付けた後。

しかし、何ら分からぬままである。

(幾ら何でも、こいつぁ妙だぜ……)

どこにも手がかりがないのは、おかしなことだった。

十兵衛と仲間たちは、すべて下村藩の江戸家老の横山外記が仕組んだことと思い込んでいたが、仁吉は他の可能性もあるのではないかと判じている。

かどわかしの目的といえば、まず金品である。

あるいは、真の狙いは十兵衛への嫌がらせなのかもしれない。

とすれば、疑わしいのは同業の菓子職人たち。

岩井信義に認められ、将軍夫婦と天璋院にまで献上して評判を取ったことを陰で妬む者が一人や二人はいたとしても、不思議ではない。

他ならぬ仁吉自身、かつてはそうだったからだ。

一時は笑福堂を休業にまで追い込んだものだが、今や遺恨も何も有りはしない。

十兵衛には難しい菓子作りを共にこなしてもらったばかりか、命まで助けられたことがあるのだ。

なかなかできることではないだろう。

もしも仁吉が同じ立場だったら何があろうと放っておくし、陰に廻って追い打ちまでかけていたに違いあるまい。

しかし十兵衛は窮地に陥った和泉屋を潰しにかかるどころか、救いの手まで差し伸べてくれたのだ。

ひねくれ者の仁吉といえども、さすがに受けた恩は返したい。

故に手を尽くしてみたものの、未だに収穫はなかった。

何の要求もしてこないというのが、そもそもおかしい。

金品に限らず、笑福堂に商いを止めろと突き付けてもいいだろう。

十兵衛が店を閉めて江戸から去れば、他の菓子職人たちは確実に得をする。

もっとも仁吉は、そんな恩恵に与ることなど真っ平御免。

これからも十兵衛には腕を振るってもらい、商売敵で在り続けてほしいからだ。

(頼むぜ笑福堂。お前さんがどうかなっちまったら、俺は張り合いがねぇんだよ)

そんなことを思ううちに、お台場が見えて来た。

待ち受けていた人足たちが、積んできた荷を次々に下ろしていく。

仁吉も風呂敷包みを下げて、船着き場に降り立った。

持参したのは、注文された菓子ではない。

ご機嫌伺いのため、あちこちの部署を廻って無料《ただ》で供する見本の品だ。

できれば近付きたくない場所だったが、弾薬庫も外せない。番士たちがとりわけ甘党揃いだからだ。

（あー、いつ来てもぞっとしねぇなぁ……）

胸の内でぼやきながら、仁吉は足を踏み入れる。

まさか智音が囚われているとは、夢想だにしていなかった。

智音は奥に設けられた、仮設の座敷牢に幽閉されていた。

（お前さん、こんなところに居たのかい！）

思わず笑みを浮かべたものの、すぐには声もかけられない。

相手は悪党でも、大事なお得意先なのだ。

一商人としては、信用を損ねるわけにもいくまい。

仁吉はとぼけて歩み寄る。

「これ和泉屋、何をしておる！」

「ここから先に参るは相ならぬぞ！」

菓子に夢中になっていた番士たちが、慌てて行く手を阻んだ。

「分かってまさぁ。あれは笑福堂のちびでござんしょう」

「うぬっ、どうしてそれを!?」

「当たり前ですよ。憎い商売敵の娘の顔を知らないはずがねぇじゃありやせんか」

わざと酷薄な笑みを浮かべつつ、仁吉は続けて言った。

「へっへっへっ、いい気味じゃありやせんか」

板に付いた物言いは、仁吉本来のものである。

もとより善人でも何でもない、商いを拡げるためなら手段を選ばぬ男なのだ。

そんな仁吉の酷薄さは、もとより番士たちも承知の上。

故に疑うこともなく、すべて本心と受け取っていた。

「さすがは和泉屋、幼子にも容赦はないのだな」

「ありがとうございやす。ちょいと面《つら》を拝んでやってもいいですかい？」

「構わぬが、手荒な真似はいたすなよ」

「へっへっへっ、分かってまさぁ」

追従の笑みを投げかけ、仁吉は番士たちに背を向けた。

久しぶりに近くで顔を見た智音は、少し痩せていた。

傍らに置かれた膳の食事は、半分ほど残ったまま。

子どもながらに気丈な彼女は、敵の施しを受けようとせずにいるのだ。

背に腹は替えられず、箸を付けてはいても見上げた心がけと言えよう。

しかし、このままでは身が持つまい。

「お前さん、飯はしっかり食べときな」

「あっ、おじちゃ……」

「しーっ」

言いかけたのを押しとどめ、仁吉は牢格子の隙間から紙包みを差し入れる。持参の風呂敷にくるんでいた見本ではなく、懐から取り出したものであった。

「お前さんの好きな雷おこしだ……見付かったらあげようと思ってよ、持って来て良かったぜ」

「おじちゃん、ありがと」

小声で答え、智音はぺこりと頭を下げる。

微笑ましくも健気なしぐさに、仁吉は思わず目頭が熱くなった。

しかし、今は酷薄な振りをし続けなくてはならない。

「へっ、相変わらず可愛げのねぇがきだぜ。にこりともしやがらねぇや」

番士たちに聞こえるようにうそぶいた後、仁吉はすかさず声を潜めた。

「これでも食べて辛抱してくんな。後で必ず迎えを寄越すから……」

見張りの目を盗んだ仁吉は、そっと智音に菓子を手渡す。

もはや長居は無用である。

商いは二の次で、取り急ぎ十兵衛に事の次第を知らせるつもりであった。

五

その夜はちょうど、約束の十日目だった。

ぱりっと焼き上がった、柴舟の出来は完璧。

味見しても、品のいい甘みと生姜の香りは、以前に手がけていたのと変わらない。

皆のおかげで集中し、十兵衛は昔の勘を取り戻したのだ。

ずいぶん時が掛かったが、ぎりぎり間に合ったのだ。

「よし……参るか」

疲労と髭《ひげ》の濃い顔で、十兵衛は微笑む。

下村藩邸に赴く前には、身なりもきちんと整えなくてはならない。

十兵衛は煎餅を速やかに箱に並べ、風呂敷で包む。

と、遥香が調理場に駆け込んで来た。

「じ、十兵衛どの！」

手にしていたのは、飛脚屋が届けたばかりの文《ふみ》。作業に集中していた十兵衛が気付かぬうちに、遥香が受け取っていたのだ。

差出人は仁吉だった。

「と、智音が見付かったそうにございます」

「まことですか⁉」

「和泉屋さんが、こちらを」

「見せてください」

手渡された文を、十兵衛は無言で読み下す。

まずは畳んだ文をかまどの焚《た》き口に入れ、跡形もなく燃やしてしまう。表立っては動けぬ仁吉のためにも、証拠を残してはならないからだ。

「……支度を手伝うてください、遥香どの」

「何処へお出でになられるのですか？」

問いかける遥香の顔は強張っていた。

約束通りに本郷の藩邸へ向かうと答えても、止めるわけにはいかなかった。

何事も、十兵衛は遥香のためにやってくれている。

智音を犠牲にしてでも疑いを晴らしたいと言うのなら、致し方あるまい。

しかし、懸念は無用だった。

「ちと船に乗らねばなりませぬ故、足ごしらえは草鞋《わらじ》でお願いいたす」

「十兵衛どの」

「お任せくだされ。必ずや智音さまを連れて戻ります故」

遥香に向かって告げる口調に迷いはない。

柴舟の包みをそのままにして、ずんずん二階に上がっていく。

抜かりなく戦の支度を整え、自ら娘を助け出しに赴く所存であった。

十兵衛が支度をしている間に、表の板戸が二度鳴った。

最初にやって来たのは甚平。

続いて現れたのは美織であった。

仁吉はそれぞれの屋敷にも飛脚を走らせていたのである。

「野上も直に参るからな。十兵衛どの、大船に乗った気でいるがいい」

「喜平太が？」

「当たり前だ」

「されど、今のあやつは」

「阿呆払いにされておる件か？　そのようなこと、どうでもよかろう」

美織はすでに喜平太から、いろいろと明かされているらしかった。

「処分を決めるはあるじなれど、それを受けるか否かは家臣次第。野上は今も前田候を無二の主君と思うておる。なればこそ、おぬしのためというだけでなく己自身のためにも、悪しき家老を許しておけぬのだ」

そう美織が答えた刹那、また板戸を叩く音。

「遅くなったな……。いざ参ろうか、ご一同」

駆けてきて汗まみれの顔のまま、喜平太は微笑む。

墨染めの筒袖と野袴をまとい、大小の刀を帯びている。

草履《ぞうり》や雪駄《せった》ではなく草鞋を履き、かかとには滑り止めの金具を付けている。十兵衛たちも、それぞれ同様の支度を整えていた。

「それでは行って参ります」

「お気を付けて」

遥香は火打ち石を取り、一人一人の肩に切り火をかけてやる。

出来ることなら同行したいが、足手まといになるのが関の山。

黙って戻りを待ち、無事を祈り続けるつもりであった。


「あれがお台場か……念の入った造りだなぁ」

「しーっ、声が大きいぞ」

喜平太の首根っこを押さえつけ、美織が睨む。

四人は信義が手配してくれた船に乗り、沖のお台場に近付いていた。

葵《あおい》の紋を掲げた公儀の御用船には用心深い外記たちも警戒はしないし、もとより手を出すはずもない。

「……まるで城だな、小野」

声を潜めて喜平太が言った。

無言のまま、隣で美織が頷く。

十兵衛と甚平も、思うところは同じであった。

お台場はその名の如く、多数の砲台を備えている。

幕府が黒船を打ち払うために設けた、まさに海の城と言えよう。

そんな日の本の護りのための備えを勝手に用い、人質を隠すとは言語道断。

「おのれ、慮外者め」

美織は旗本の娘として、横山外記に対する怒りを露わにせずにいられない。

「声が大きゅうござるぞ」

「うるさい！」

喜平太に逆に注意されても、憤りは鎮まらなかった。

そんな美織を大人しくさせたのは、十兵衛の一言。

「お静かに願いまする、美織どの」

「す、すみませぬ」

想いを断ち切った今も、やはり逆らうことはできなかった。

四人はぎりぎりまで接近して海に入り、石垣をよじ登って上陸した。

波止場が設けられた正面の護りは固いお台場だが、脇の死角は見張りも甘い。

見取り図は仁吉が用意してくれていた。

「なかなかやるな、商人にしておくには惜しい男ぞ」

「うむ……」

正確な図を見ながら感心する喜平太に、十兵衛は言葉少なに頷き返す。

手紙には何も出来ずにすまないと書かれていたが、これだけ手を貸してくれれば十分であった。

絶えず波音の聞こえてくる中、四人は足音を殺して闇の中を駆け抜ける。

石垣を登攀《とうはん》するときに用いた金具は、すでに外していた。

駆ける四人の動きは俊敏そのもの。

誰も足並みを乱すことなく、目指すは火薬庫。

危険な場所なのは、もとより承知の上だった。

仁吉の話によると、お台場でも好んで近付く者はいないという。

なればこそ外記も人質を隠す場所に選んだのだろうが、許しがたいことだった。

火薬庫ならばいざとなれば点火し、証拠隠滅を図るのも容易い。

戦略としては有効と言えようが、いざとなれば子どもを酷い目に遭わせるつもりでいるのは許しがたいことである。

ともあれ今は一刻も早く、救出に走るのみだ。

「それにしても火薬庫とは、ぞっとしないな」

「念には念を、ということでござろう。いざとなれば事故で済む故な……」

甚平のつぶやきに答える十兵衛は、腹を括っていた。

外記が智音を巻き添えにするつもりならば、こちらも容赦はしない。

人を斬らない誓いを破り、一刀の下に引導を渡すつもりだった。

されど、むやみに殺生はしたくない。

「おのれ、何奴！」

「大人しゅうせい!!」

折しも前方から二人の番士が、怒号を上げて迫り来た。

加勢を呼ぶ前に、倒さねばならない。

だっと十兵衛は飛び出すや、続けざまに当て身を浴びせる。

他の三人ならば容赦なく、抜き打ちに斬って捨てると判じたからだ。

味方をしてくれるのは有難い限りだが、あまり人斬りはさせたくない。

とりわけ美織には、もはや美しい手を血で汚してもらいたくはなかった。

その美織は男たちと共に、気を失った二人の番士を物陰に担ぎ込んでいた。

腕が立つばかりでなく、力も強い。

しかし彼女には、もっと女らしくあってほしい。荒事にばかり付き合わせ、いつまでも夜叉姫と呼ばれるままではあってほしくなかった。

と、美織が歩み寄ってくる。

「さすがだな十兵衛どの。見事な手際だ」

「うむ。できるだけ斬りとうはない故な」

「まことに見上げた心意気ぞ。私も見習わねばなるまい……」

ささやく口調に他意はない。

血気に逸っているのかと思いきや、存外に落ち着いていた。

「私もおぬしと思うところは同じぞ。智音に血の臭いは嗅がせたくないからな」

ふっと微笑み、美織は再び前進し始める。

「さて、参るか」

戸惑う十兵衛の肩をポンと叩き、甚平も後に続く。

喜平太も微笑んでいた。

「案じるには及ばぬぞ、小野。我らとて、むやみに殺生などしとうはないのだ」

「野上……」

「外記めを斬るも斬らぬも、おぬしの勝手だ。好きにいたせ」

それだけ告げると、先に立って歩き出す。

刀を抜くのは、あくまで外記と向き合ったときのこと。

それも往生際さえ良ければ、自ら斬ろうとまでは思うまい。

そんな十兵衛の胸の内を、みんな察してくれていたのだ。

人を喜ばせ、生きる力を与える菓子を作る手で、人を斬るべきではない。

まして今や主君のために国許の銘菓をこしらえ、献上するところまで来たのだ。

智音を助けるためには荒事も辞さぬが、できるだけ殺したくはなかった。

程なく火薬庫が見えてきた。

見張りに気付かれても、速攻で間合いを詰めれば大事はない。

「うっ！」

「ぐえっ」

跳びかかった甚平と喜平太が、それぞれ一撃で見張りを昏倒《こんとう》させる。

不意を衝いた一撃に、二人の番士は踏みとどまれない。

よろめくのを抱き留めて、甚平と喜平太は足元に横たえる。

「じゅうべえ！」

気付いた智音が、牢格子の向こうで声を張り上げる。

「小野っ」

「かたじけない」

喜平太が番士から奪った鍵束を手に、十兵衛は奥へと走る。

牢の扉を開き、智音を連れ出す。

刹那、まばゆいばかりの光が四人を捉えた。

「そこまでだ、観念せい」

ふてぶてしく呼びかけてきたのは外記。

居並ぶ配下の藩士たちは銃を構え、ぴたりとこちらに狙いを定めていた。

「智音さまっ」

十兵衛はすかさず智音を抱き締める。

喜平太と美織は同時に前に乗り出し、盾となる。

甚平も十兵衛に寄り添い、身を挺して智音を庇おうとしていた。

「ふっ、無駄なことぞ」

そんな四人を鼻で笑い、外記は余裕の態度で続けて言った。

「妙な時分に御用船が通過した故、念のために張り込ませて正解であった。あの船を手配いたしたのは、察するに岩井の隠居であろう?」

「…………」

「ふん、だんまりを決め込みたくば好きにせい」

勝ち誇って告げながらも、外記は油断をしていない。

「動くでない。新式の連発銃である故、隙を衝こうとしても無駄なことぞ」

「くっ！」

跳びかかろうとしていた美織が、悔しげに歯嚙みする。

おびえる智音を抱き締めたまま、十兵衛も為す術がなかった。

と、反対側から聞き覚えのある声がした。

「痴《し》れ者どもめ、撃てるものならば撃ってみよ」

「な、何奴じゃ!?」

「余の顔を見忘れたか、阿呆」

告げながら現れたのは、前田正良。

いつの間に船団を編制して漕ぎ寄せたのか、完全武装の一隊まで従えていた。

揃えた数は、外記の配下たちより多い。

同じ洋式のゲベール銃でも、国産化された改良品だ。

だが、撃ち放つまでには至らなかった。

外記を含む全員にとって、正良は無二の主君である。

新式銃で武装した一隊など率いていなくても、逆らい切れるものではなかった。

「御上……」

「御上だ！」

藩士たちは慌てて銃を下ろし、その場で次々に土下座する。

もはや外記に従う者など、一人もいない。

「勝負あったな、横山」

「お、御上、何故にまた、斯様《かよう》なところに」

「まだ分からぬか、愚か者め」

動転した外記に、正良は静かに語りかけた。

「そのほうが智音をかどわかせしは、もとより承知の上ぞ。よくも余の臣下であるのをいいことに、大事なお台場を好き勝手に使《つこ》うてくれたな」

淡々と振る舞いながらも、言葉は厳しい。

「………………」

外記は一言も返せない。

だが、正良は沈黙を許さなかった。

「疾く答えよ、横山」

「お、御上」

「まずは申し開きをすべきであろう」

「め、面目次第もありませぬ」

「ならば潔く腹を切れ。わが兄ばかりか余のことまで空しゅうしようといたしたは断じて許さぬぞ」

「えっ……」

外記は思わず絶句する。

そこまで読まれていたとは思わなかったのだ。

しかし、正良は甘くなかった。

じろりと外記を見下ろし、続けて告げる。

「委細承知と申したであろう。過日に余が屋敷を抜け出したのは、そのほうの出方を見るためであったのだ」

「さ、されば、浅草で祭り見物がしたいと駄々をこねられたのは」

「そういうことだ」

がっくりと膝をついた外記に、正良は言った。

「忍びで外出いたせば必ずや刺客を差し向け、余を空しゅういたすに違いあるまいと見越してのの。思わぬ混雑で手勢とはぐれ、それなる小野に命を助けてもろうたは算盤《そろばん》違いであったが、な」

「何と……」

初めて聞かされた事実に、十兵衛は啞然とするばかり。

若き主君は、思った以上に抜かりのない人物であった。

「礼を申すぞ、小野」

正良は十兵衛に笑顔を向ける。

菓子より姪の命を救うのを優先してくれたことに、心から謝していた。

六

それから五日の間、智音は寝込んだ。

体力が消耗したせいでもあったが、怖い想いが身に応えたのだ。

無理もあるまい。

智音は当年とって十一歳。

背もだいぶ伸び、大人びてきたとはいえ、まだまだ子どもなのである。

ともあれ今は手厚く看護し、回復を期するのみ。

十兵衛は遥香に任せきりにすることなく、一人で忙しく店を切り盛りしながらも毎日欠かさず世話を焼いた。

「何か召し上がりますか？」

「なんでもいい」

伺いを立てられて答える、智音の口調は素っ気ない。

江戸に居着いて一年ほどの、まったく懐こうとせずにいた頃に戻ったかのようであったが、それは恥ずかしいが故の態度であった。

嫌がってはいない証拠に、何をこしらえてもよく食べる。

とりわけ気に入ったのは、黒蜜をかけたところてん。

「ははは、私と一緒だなぁ」

「うん」

見舞いに訪れるたびに美織もお相伴に与って、二人で仲良く啜り込む。

もちろん、甘いものばかり与えたわけではない。

朝夕に食べさせるお粥《かゆ》も、十兵衛がこしらえた。

最初は重湯から始め、次第に濃くしていく。

待望の床上げを迎えた五日目には、ほぐした鶏肉入りのおじやを用意した。

豆や芋も一緒に煮込んだおじやは、濃厚にして具だくさん。

「わぁ、美味しい……」

嬉々として匙《さじ》を動かす様を、十兵衛と遥香は笑顔で見守る。

どちらからともなく、自然と肩を寄せ合っていた。

しかし、いつまでも安堵してはいられない。

柴舟献上の件は白紙となったものの、正良がこのまま三人を放っておいてくれるとは考えがたい。

横山外記の処分が済んだ後、呼び出されるのは必定だった。


五月の江戸は梅雨《つゆ》の直中《ただなか》。

雨続きのある日、十兵衛は下村藩邸に招かれた。

使いの者の口上によると、遥香も連れて来るようにとのことである。

どのみち客足は少なく、商いは上がったり。

店を閉め、出かけてしまっても障りはない。

ちょうど手習い塾から戻った智音も連れて、三人は本郷へ向かう運びとなった。

驚いたことに、笑福堂を訪れた使いの一行は乗物まで用意していた。

「歩かれるには及びませぬぞ。どうぞお乗りくだされ」

「よろしいのですか？」

「御上のお気遣いなれば、ご遠慮なきよう」

そう言われては、乗らぬわけにもいかない。

やむなく遥香は智音を抱いて、立派な乗物に腰を落ち着ける。

徒歩で後に続く十兵衛の心境は複雑だった。

遥香が国許に戻りたいと望んだときは、異を唱えるわけにはいくまい。

それどころか、別れることになるかもしれなかった。

遥香は正良にとって、義理の姉に当たる身。

そして智音は姪であり、亡き慶三の血を引いている。

正良が二人を預かると言い出せば、十兵衛にはどうにもできない。

一体、どのようなことになるのだろうか――。

乗物の後に従って足を進めながらも、不安が尽きぬ十兵衛だった。

雨に煙《けぶ》る門を潜り、十兵衛たちは藩邸の中に入った。

もはや忍び込むには及ばず、正面から堂々と迎え入れられたのである。

正良はすでに下城して装いを改め、奥の私室でくつろいでいた。

「おお、参ったか」

三人を迎える態度も気安い。

ひとたび許したからには、遥香も智音も身内だからということなのか。

正良の真意はどうあれ、同じ席には座れまい。

遥香と智音の後ろに下がり、そっと十兵衛は膝を揃える。

まず伝えられたのは、捕らえられた外記の処分であった。

温情によって命までは奪われず、幽閉させられるにとどまった外記の身柄は国許に送られることとなり、昨日のうちに江戸を発《た》ったという。

「何卒お許しくだされと言うておったよ。そのほうと小野はもとより、智音……余の姪にも謝りたいと申しておった」

「格別のご恩情を賜りまして、衷心より御礼申し上げまする」

遥香は深々と礼をする。隣に座った智音も押さえ込まれるまでもなく、きちんと頭を下げていた。

「苦しゅうない。そのほうら望みあらば、思いのままに叶えてつかわそう」

正良は満面の笑みを浮かべていた。

晴れて無実の証しが立った義姉と姪のために、償いを惜しまない。

そんな誠意が十兵衛にまで伝わってくる。

しかし、遥香の答えは意外なものだった。

「畏れながら、何の望みもございませぬ」

「何と申す？」

「ひとつだけお願いしてよろしいのなら、このまま江戸にとどまらせてはいただけませぬか」

「横山ならば幽閉いたした故、もはや顔を合わせることはないのだぞ」

「いえ、そのようなことなど気にいたしてはおりませぬ」

「ならば、何故だ」

「……所帯を持ちとうございますので」

「所帯とな」

恥ずかしげに答える遥香を、正良はまじまじと見返す。

後ろに座った十兵衛は、遥香の思わぬ答えが嬉しくも気恥ずかしい。日焼けした童顔がすっかり赤黒くなっていた。

「成る程のう、そういうことか……残念なれど、致し方あるまいの」

にっと笑って、正良は席を立つ。

かくして二人は月が明けて早々に、祝言を挙げる運びと相成った。

七

めでたい話を耳にして、誰よりも張り切ったのは岩井信義だった。

「祝言の謡は儂に任せよ。他の者に頼んでは相ならぬぞ！」

しつこく十兵衛に念を押し、信義は稽古を始めた。

張り切ったのは信義だけではない。

美織もまた、晴れの日に向けて動き始めていた。

「付いて参れ、野上」

「何だ美織どの、藪から棒に」

「着物を誂《あつら》えるのだ。おぬしも付き合え」

訳が分からぬまま、稽古帰りに連れて行かれた先は、日本橋の越後屋。店で反物を買えばその場で着物に仕立ててもらえる、江戸一番の呉服屋だ。

さんざん選んだ末に美織が仕立てさせたのは、目の覚めるような振袖だった。

「お綺麗でございますよ、姫さま」

「まことにお美しゅうございまする」

店の者たちもお世辞抜きで、口々に褒めそやさずにいられない。

いつもの男装からの一転ぶりに、喜平太も啞然としていた。

「馬子にも衣装……いや、天女に羽衣と言わねばなるまいよ……」

「ん？　何か申したのか」

嬉々として振り返る美織は満面の笑み。

今こそ夜叉姫の名を返上してもよさげであった。

様変わりしたのは、外見だけではない。

見惚れたままの喜平太に、美織は思わぬことを告げてきた。

「おい野上、おぬしも好きに選ぶがいい」

「紋付などは借りて済ませればよかろうぞ。わざわざ購うには及ばぬよ」

「そうではない。好きな常着を何着か、見繕えと言うておるのだ」

「えっ?」

「払いならば案じるには及ばぬぞ。私が奢る故な」

驚く喜平太を笑顔で見返し、美織は続ける。

「いつまでもそのみすぼらしい形のままでいてもらっては困るのだ。もしも父上に見られれば、即刻遠ざけよと言われかねぬからなぁ。はははははは」

晴れやかに笑う美織の顔は美しい。

十兵衛への想いを今こそ完全に吹っ切り、前向きに幸せを掴もうとしていた。


かくして訪れた婚礼の日は、雲ひとつない快晴であった。

笑福堂の一階はきれいに片付けられ、板の間には畳が敷き詰められた。

引き出物として用意されたのは、特製の柴舟。

紅白の砂糖を化粧塗りし、夫婦船と洒落《しゃれ》た一品であった。

信義としては、早く味わいたくて堪らない。

そんな食い意地が、思わず口を衝いて出た。

「高砂《たかさご》や〜、この柴舟に帆を上げて〜」

「浦舟でございますぞ、殿っ」

慌てて甚平が脇をつついたときには、もう遅い。

「し、しまった」

信義の頭の中は、たちまち真っ白。

とっさに続けてごまかしたのは、美織と喜平太。

「柴舟や〜、ぴりり生姜もかぐわしき〜」

「大人好みの妙味なるかな〜」

女人らしく美しい着物姿の美織と久しぶりに裃《かみしも》をまとった喜平太は、道場での形稽古さながらに、息がぴったり合っていた。

「ははは、こいつぁいいや」

すかさず松三も後に続く。

大きな体に紋付羽織を着こんだ姿は、まるで七五三のようだった。

「柴舟の〜、荷揚げが辛い河岸仕事ぉ〜」

「憂さを晴らすよ笑福堂で〜」

松三の野太い声にかぶせて、器用に謡ったのは仁吉。

細身の体に晴れ着をさらりと着こなし、相変わらず格好いい。

にやりと笑った仁吉は、上座に向かって目くばせをする。

頷き返すや、十兵衛は信義に向けて呼びかけた。

「ご隠居さま、粋なお計らいを有難うございまする。おかげさまで座もなごみました故、続きをお願いいたしまする」

「左様か。されば今一度、参ろうかの」

面目を保たれた信義は、再び謡い始めた。

「高砂や〜」

遠慮し合いながらの暮らしは、もうお終《しま》い。

これからは本当の家族になるのだ。

しかし肝心の十兵衛は、先程からずっと上がりっ放し。

「どうした小野、しっかりせい」

「は、ははっ」

言祝《ことほ》ぎ終えた信義に突っ込まれ、かちかちになってうつむいていた十兵衛は慌てて背筋を伸ばす。

遥香も併せて顔を上げ、にっこりと微笑んだ。

「いいぞいいぞ、お二人さん」

「日本一ーっ！」

朗々と流れる声を耳にしながら、遥香は涙ぐまずにいられない。

美しい母の姿を十兵衛と交互に見守りながら、智音はにこにこ笑っている。

かくして皆の祝福に包まれ、祝言はなごやかに続くのであった。

終章　甘味礼賛

それから一年が経ち、江戸にまた夏が訪れた。

元治元年（一八六四）、十兵衛は三十歳になっていた。

男として、ひとつの節目と言える歳である。

もはや若いことを言い訳にはできない、真の意味で大人の自覚が求められる時期を迎えたのだ。

と言っても、気負ってばかりでは空回りをしてしまう。

何事も、積み重ねというものが欠かせない。

できる限り精一杯、日々の営みを繰り返す。

そうすることこそ大事なのではないかと、このところ十兵衛には思えてきた。

笑福堂の商いは、変わらず順調。

世間は騒然としているものの、深川元町は平和だった。

妻と子どもも歳を重ね、智音は今年で十二歳になる。相変わらずの福々しい童顔をしていても、立ち居振る舞いは以前より大人びてきた。

「いらっしゃいませ」

「おう智音坊、今日も可愛いなぁ」

「まったく、見るたびにおっかさんと間違えそうになっちまうぜ」

「これじゃ十兵衛の旦那も気が気じゃあるめぇよ。へっへっへっ」

「嫌ですよう、いつも松三さんったら冗談ばっかり。ほら、竹吉さんと梅次さんもごたくはいいから早いとこ座ってくださいな。こっちは忙しいんだから！」

お馴染みの河岸人足衆を軽くあしらい、智音は茶を配る。

接客は一人で任せておいても安心になったため、遥香は調理場で菓子の仕込みに専念している。おかげで十兵衛も大いに助かり、楽をさせてもらっていた。

と言っても、怠けているわけではない。

楽になったのは、気の持ち様だ。

このところ、十兵衛の手がける菓子は味に幅が出てきた。

一様に甘いばかりでなく、品の良さが感じられる。

十兵衛が本来持っていた、大名家の御菓子係としての腕前が気負いなく、自然と

が決まっていた。

「へっ、こいつぁ俺にも出せねぇ味だ……」

ねりきりを味わいながら微笑む仁吉は、このたび横浜に和泉屋の出店を開くこと

反映されるようになったのだ。

「おぬしもうかうかしていられぬの、仁吉」

前に座った岩井信義は、早くも三つ目の焼きまんじゅうを堪能している。

仁吉を十兵衛ともども贔屓にしている信義は、歳を重ねてますます元気。

今日も石田甚平を従えて、お忍びで笑福堂を訪れていた。

「分かってまさぁ、ご隠居。横浜の店にも、ぜひお運びになってくださいまし」

「そうだな。神奈川奉行の尻を叩きがてら、ひとつ出かけてみるかの」

「相変わらずご公儀の頼まれ事が多いんですかい」

「それでいいのだ。暇になってはボケてしまうからのう。はははは」

陽気に語り合う信義と仁吉をよそに、甚平は美織と話していた。

「珍しいのう、おぬしが一人で参るとは」

「ふん、野上など二度と連れて参るか！」

「ははは、これは犬も食わぬというやつだな」

「な、何と申されるか石田どの」

「よい、よい。若いうちはそうやって揉めるのも楽しいものだぞ」

「お黙りなされ、何も楽しゅうないわ！」

　ぷりぷりしながら、美織は音を立ててところてんを啜る。近頃は甘くするばかりでなく、酢醤油《すじょうゆ》で味わうのも好むようになっていた。

「お代わりだ、とも！　辛子も足りぬ！」

「はーい」

　智音は逆らうことなく、涼しい顔で下げた器を調理場に持って行く。

「父上、ところてんをもう一杯。辛子は思いっ切り効かせてあげてね」

「うむ、心得た」

　十兵衛は手早く支度を始める。

　と、勝手口の戸がおもむろに開いた。

「あっ、母上！」

　ぱっと智音が表情を輝かせる。

「手伝うてくだされ」

「はーい」

智音がちょこちょこ歩み寄って来る。

買い物袋を受け取って運んで行くのを、遥香は笑顔で見送った。

「お運びいたしまするか、お前さま」

「お、お願いいたしまする」

十兵衛の口調は、まだ改まらない。

慣れるまでには、しばらく時が掛かりそうである。

「これ、焼きまんじゅうのお代わりを頼む」

信義の声が聞こえてきた。

「はい、ただいま！」

笑顔で答える十兵衛の目に、窓越しの空はどこまでも青かった。

あとがき

「甘味屋十兵衛子守り剣」シリーズ最新刊『はなむけ草餅』をお手に取っていただき、ありがとうございます。

おかげさまをもちまして、この第五巻でシリーズ完結となりました。

大名家に御菓子係として仕えていて剣の腕も立つ主人公が、無実の罪に問われた幼馴染みの女性とその子どもを預かり、二人を狙う敵と戦いながら和洋の菓子作りを手がける本作品の設定は、幕末という変革の時代を背景とすることによって話が拡がり、これまでの私の作品とは一風異なる、さまざまなエピソードを盛り込んだシリーズとなりました。

もちろん、反省すべき点も多々自覚しています。

何であれ、さじ加減というものは大事なことだと思いますが、本作品の場合には甘いお菓子とハードな戦いの描写の配分が難しく、また、女性読者の方々へのサービスというものを私が最後まで理解できておらず、ここをこうしておけば、もっといい出来になったはずなのに……といった後悔は今さらながら尽きませんが、第二巻のあとがきでも触れました通り、時代小説家デビュー十周年に伴うチャレンジの一環、いわば記念事業として取り組んだシリーズ作品のひとつを締めくくる運びとなり、まことに感無量であります。

時代小説に限らず、ものを作るには日頃からの経験が欠かせないと思います。

私はこれまで作り手としての「食」への取り組みが乏しかったもので、本作品の執筆に当たりましては多忙なスケジュールの合間を縫い、日本橋の人形町で友人が営んでおりましたカフェ『えでぃんばら』（二〇一四年二月に閉店）で、スイーツを含む各メニューの調理補助と接客をさせてもらいました。いずれも学生だった頃のアルバイトでもやったことがなく、まったくの初心者として皿洗いからの取り組みとなりましたが、その辺りの感覚が客商売というものに初めて取り組んだ、主人公の日常描写に多少なりとも反映できたのではと思っております。

逆に慣れていることも、疎《おろそ》かにしてはいません。

二十歳の頃から取り組ませていただいております居合道につきましても、どんなに忙しくても稽古を怠ってはなるまいと、常々自覚しています。

いつもご指導を賜っております、全日本剣道連盟居合道部会および東京都・城北五区・北区剣道連盟の各先生、毎週の貴重な稽古の場とさせていただいております講談社野間道場剣道部および居合道研究会の先生方、本作品にて取り上げました無外流についてご助言をいただきました無外流士龍会会長の伊藤繁男先生、ご門下で同会北区支部長の田中泰一先生、ありがとうございます。

毎回緻密にして微笑ましいカバーイラストを描いてくださった市川興一様、幻冬舎の前田香織様、そして、最後までご愛読いただきました読者の皆様にも、この場をお借りして心より御礼申し上げます。

二〇一四年四月吉日

牧　秀彦拝

この作品は書き下ろしです。

甘味《かんみ》屋《や》十兵衛《じゅうべえ》子守《こも》り剣《けん》5

はなむけ草餅《くさもち》

牧秀彦《まきひでひこ》

平成26年6月10日　初版発行

発行人――石原正康
編集人――永島賞二
発行所――株式会社幻冬舎
〒151-0051東京都渋谷区千駄ヶ谷4-9-7
電話　03(5411)6222(営業)
　　　03(5411)6211(編集)
振替00120-8-767643

印刷・製本―株式会社 光邦
装丁者――高橋雅之

検印廃止

幻冬舎時代小説文庫

ISBN978-4-344-42213-1　C0193　ま-27-5